「橘由之日記」の研究

矢澤昇治　編著

専修大学出版局

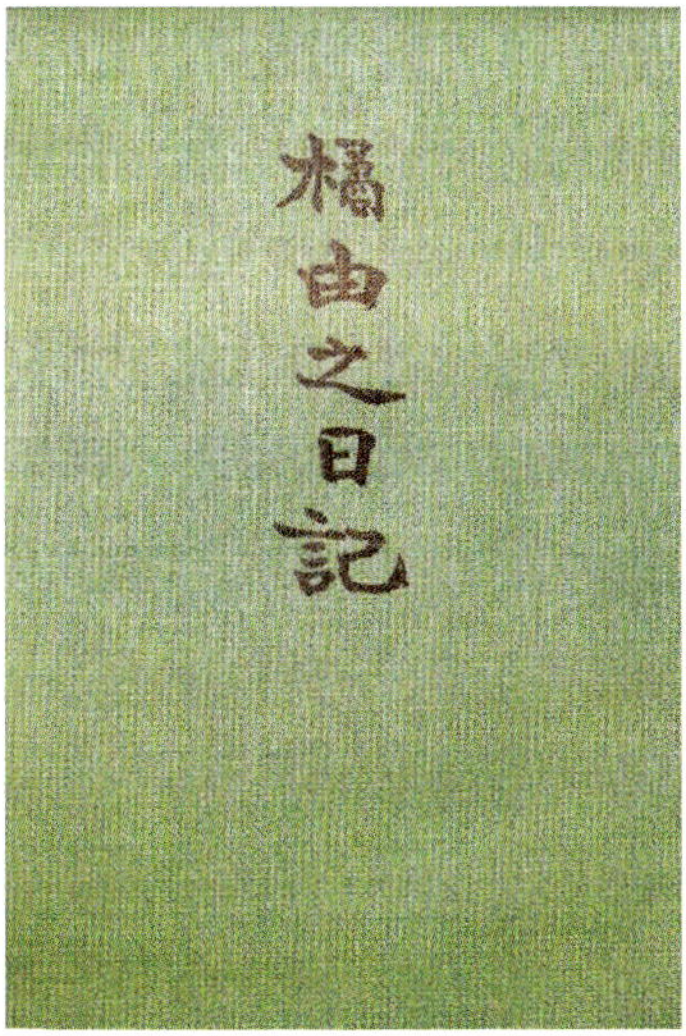

渡辺秀英先生が昭和三十六年に、私家本として刊行した。本書の原本は、三条市の加藤重男氏が所蔵とある。本文116頁、タテ250ミリ、ヨコ177ミリ。

私家本『橘由之日記』

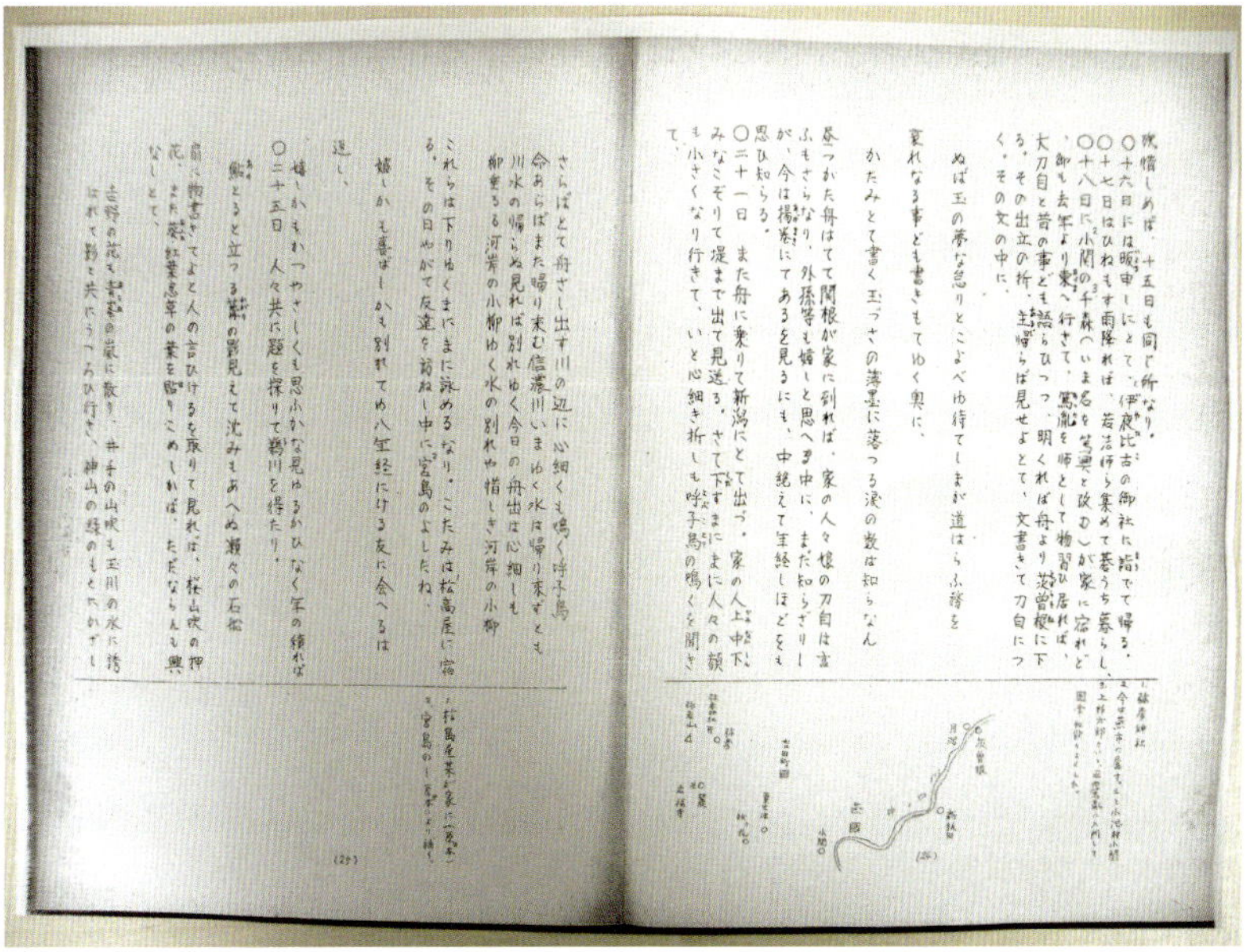

眺情しめば、十五日も同じ所なり。
〇十六日には晦申しにとて、伊夜比古の御社に詣でて帰る。
〇十七日はひねもす雨降れば、若法師ら集めて碁うち暮らし、
〇十八日に小関の千森(いま名を笠興と改む)が家に宿れど、御も去年より東へ行きて、鵞湖を師として物習ひ居れば、大刀自と昔の事ども語らひつつ、明くれば舟より蒲曽根に下る。その出立の折、主帰らば見せよとて、文書きて刀自につく。その文の中に、
ぬば玉の夢な忘りとこよべゆ待てしまが道はらふ務を
哀れなる事ども書きもてゆく奥に、
かたみとて書く玉づさの薄墨に落つる涙の数は知らなん
暮つかた舟はてて関根が家に到れば、家の人々娘の刀自は言ふもさらなり、外孫等も嬉しと思へる中に、まだ知らざりしが、今は揚巻にてあるを見るにも、中絶えて年経しほどをも思ひ知らる。
〇二十一日　また舟に乗りて新潟にとて出づ。家の人上中下みなこぞりて堤まで出て見送る。さて下すまにまに人々の顔も小さくなり行きて、いと心細き折しも呼子鳥の鳴くを聞きて、

さらばとて舟さし出す川の辺に心細くも鳴く呼子鳥
命あらばまた帰り来む信濃川いまゆく水は帰り来ずとも
川水の帰らぬ見れば別れゆく今日の舟出は心細しも
柳塗る河岸の小柳ゆく水の別れや惜しき河岸の小柳
これらは下りゆくまにまに詠めるなり。こたみは松高屋に宿る。その日やがて友達を訪ねし中に、宮島のよしたね、
嬉しかも喜ばしかも別れてぬ八年経にける友に会へるは
返し、
嬉しかもわつやさしくも思ふかな見ゆるかひなく年の経れば
〇二十五日　人々共に題を採りて鵜川を得たり。
鮎とると立つる簗の影見えて沈みもあへぬ瀬々の石松
前に物書きてよと人の言ひけるを取りて見れば、桜山吹の押花、また紅葉忍草の葉を貼りこめしければ、ただならんも興なしとて、
吉野の花も嵐の嵐に散り、井手の山吹も玉川の水に誘はれて影と共にうつろひ行き、神山の緑のもとたかずし

『橘由之日記』の本文

由之短冊

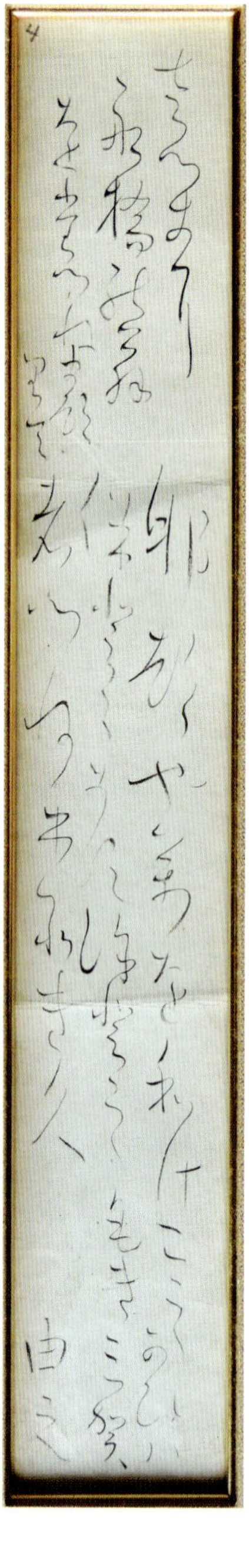

さつきに船橋の翁を訪ねまつりて
なつやまを　わけこしかひは　ほととぎす
ことしも君が　初音をぞきく

燕市分水良寛史料館所蔵

由之掛軸

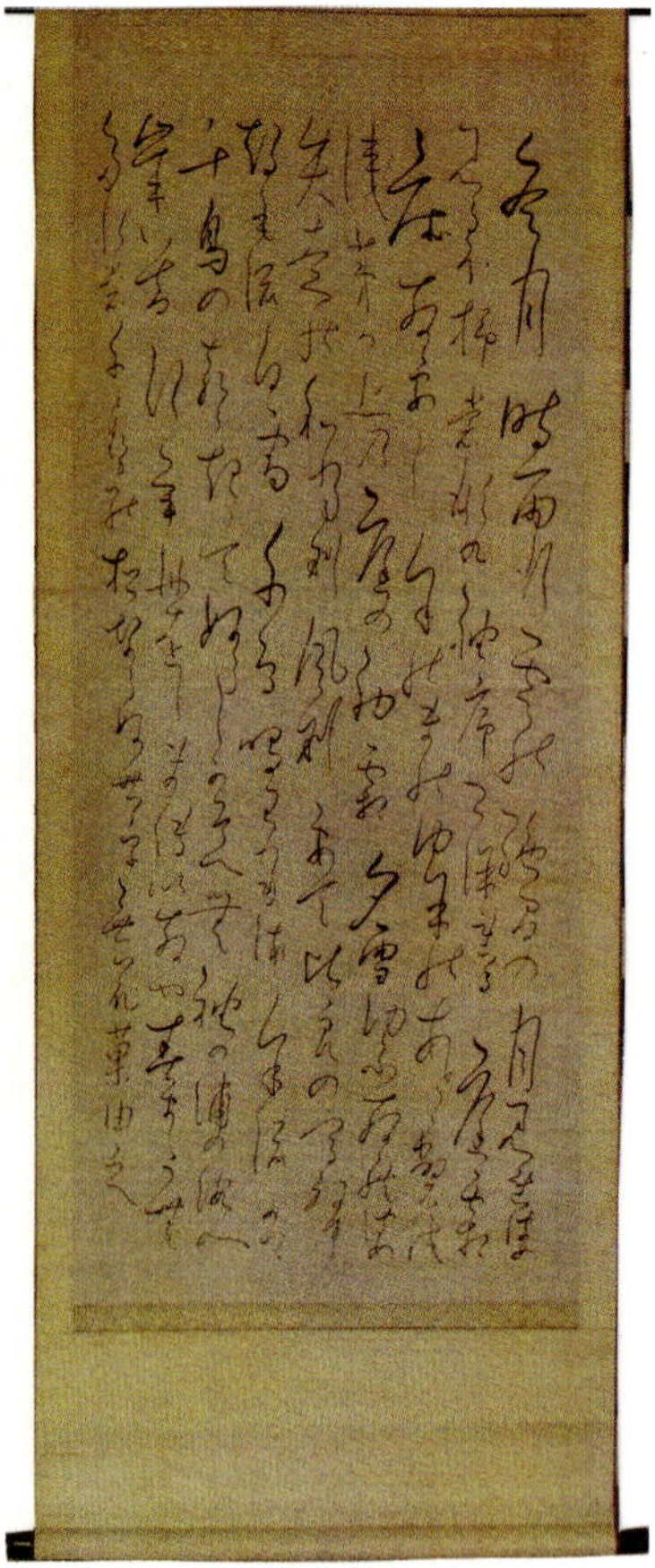

燕市分水良寛史料館所蔵

冬月　時雨行《しぐれゆく》　雲の絶間の　月見れ
ば　見るほどもなく　袖にこぼれ
庭霜　床さえし　よのまのゆめの
あとへば　浅茅《あさち》が上の庭の初霜　夕
雪　ゆふされば　矢走《やばせ》のわたり　風
斜《さ》えて　比良《ゆら》の高ねに　つもる白雪
千鳥　鳴わたる　よるは　千鳥の
聲ききて　ぬらしかぞへむ　袖の
浦の海人《あま》　歳暮　行年も　をしまで
いさや　春またむ　たれも千《ち》とせの
松ならぬ世を　　無花菓由之

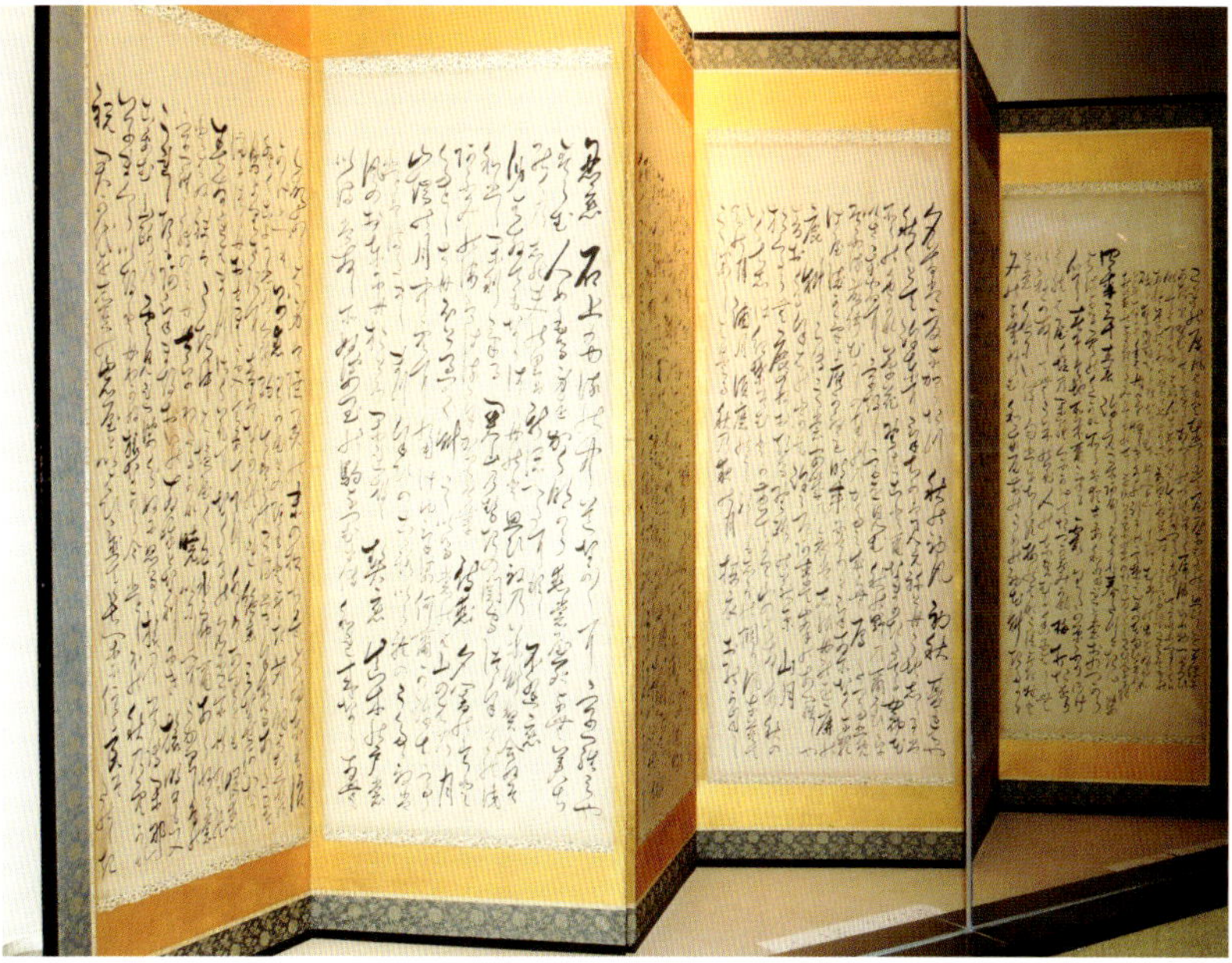

由之　六曲一双の歌屏風　燕市分水良寛史料館所蔵

文政十二年九月に梅園の主のために九五首の歌を書いた屏風の半双である。

由之は、請われて半双の屏風を書き終えた。すると、主が、屏風と云うものは、一揃い（一双）でなければ、事足りない気持ちがするので、後、半双を書いて欲しいといわれ、頑張って四季の歌四〇首を書いたのがこの半双の屏風である。

残された疑問がある。由之が嵐除けと形見がてらに書いた、梅園の主が、一体誰であるかということである。

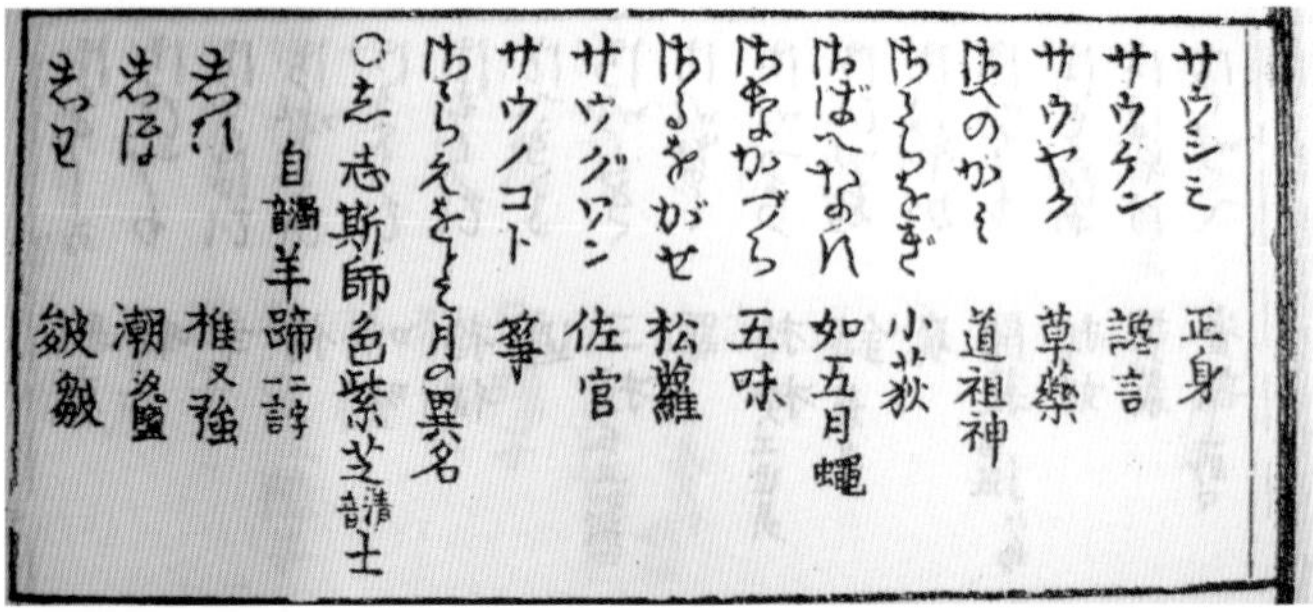

サウシミ　正身
サウゲン　讒言
サウヤク　草藥
さへのかミ　道祖神
さゝらをぎ　小荻
さばへなす　如五月蠅
さねかづら　五味
さるをがせ　松蘿
サウグワン　佐官
サウノコト　箏
さゝらえをとこ　月の異名
○志　志斯師色紫芝諦士
自謂　羊蹄　二辞
しひ　椎又強
しほ　潮　塩
しわ　皴　皺

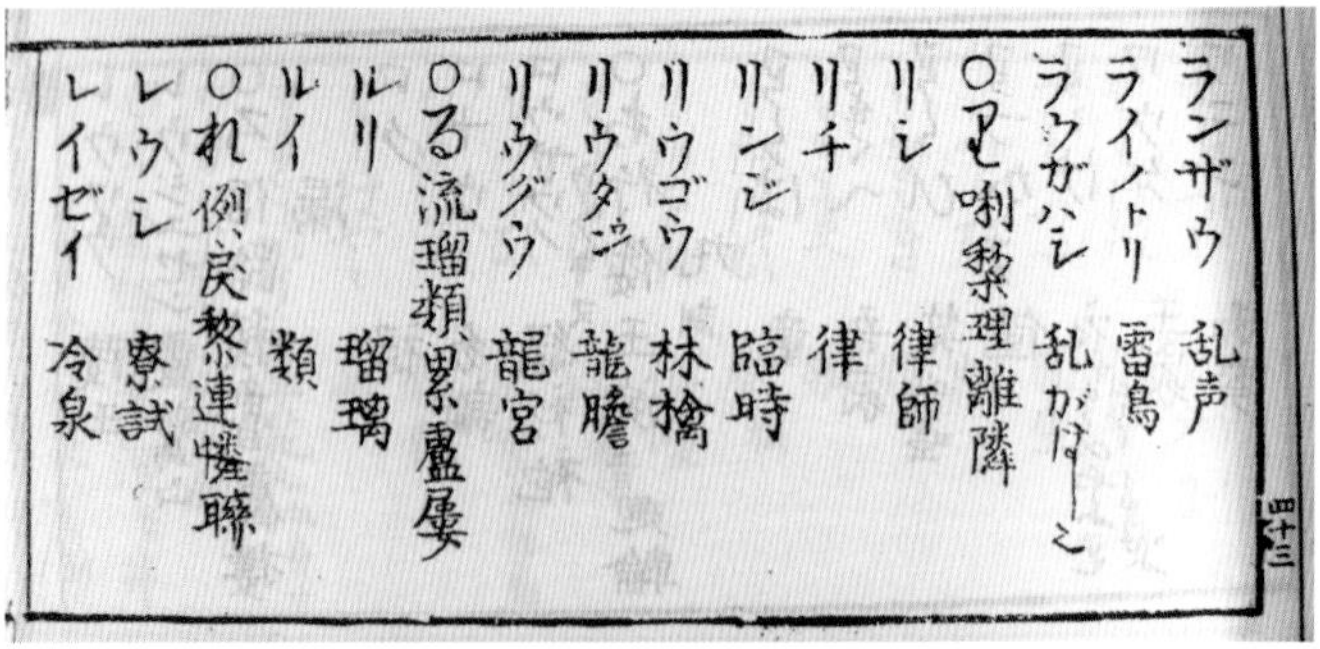

ランザウ　乱声
ライノトリ　雷鳥
ラウガハシ　乱がはし
○り　唎黎理離隣
リシ　律師
リチ　律
リンジ　臨時
リウゴウ　林檎
リウタン　龍膽
リウグウ　龍宮
○る　流瑠類、累塁屢
ルリ　瑠璃
ルイ　類
○れ　例、戻黎連憐聯
レウシ　寮試
レイゼイ　冷泉
四十三

橘由之作　『丘良偈乃朋涅』

由之は、『丘良偈乃朋涅』という仮名遣いの小辞書の草稿を文化十年（一八一三）七月に成し、版行した。この文は、新潟大学中央図書館が工事中であり、東北大学の狩野文庫から取り寄せた。本（文）の題名は、「他の可ら乎多のミて　おの可骨ならね盤　此ふミの名を久良氣の保祢」（他の力を頼みて　己が骨ならねば　此文の名を久良氣の保祢と付けたという（釈文と序については、『良寛の弟　山本由之遺墨集』考古堂、四頁以下参照）。鮮明ではないが、裏表紙には、地模様に海月《くらげ》らしき物が描かれている。

涅槃の図（柳田聖山筆）

見（栄蔵）の日記兼収集録を紐解くと、紙屋院聖山こと柳田聖山から毛筆による五枚の芳書が届いたのは、平成四年四月一日である。爾来、折りに触れて季節の挨拶などを重ねて来た。平成十年の賀状は、福に添えて、「宇宙船良寛号で極楽浄土へ行こし今年は」とある。そして、上掲した涅槃の図は、鶴の林すなわち沙羅双樹の下で涅槃する良寛を聖山が描いた珍しいものである。この良寛入涅槃図は、紙屋院聖山が自らの入滅も思い描いていたことであろう。

右側に良寛、左側に由之の墓

由之は、兄良寛より遅れること約三年、天保五年一月十三日に死去した。墓は遺言により、島崎隆泉寺の木村家墓地に『良寛禅師墓』に寄り添う如く建立された。その墓標には、『由之宗匠墓』と刻まれており、その両脇に、

行《ゆく》水者《は》東拝《留》万《ま》ら奈《な》久《く》尓《に》う羅《ら》夫《ぶ》禮《れ》天《て》
河原能蓬《のよもぎ》奈《何》爾満《招》祢久《く》らむ《ん》

行く水は　とどまらなくに　うらぶれて
河原のよもぎ　なにまねくらむ

はじめに

本書の出版は、当初、私が平成二十二年九月に永眠した兄矢澤栄蔵の供養のために私家本として出版する計画から始まった。渡辺秀英氏の御著書『良寛の弟　山本由之』（考古堂、二〇〇二年）はむろん入手していたが、同書で引用されているガリ版印刷の『橘由之日記』（一九六一年）については、手元にないので、同書一〇五頁以下に記載された「東北紀行（上）三国から越後へ」と「(下)　越後から東北へ」の内容の日記であると考えていた。ところが、平成二十四年一月、偶然にも、この私家本『橘由之日記』を入手することができたのである。この日記を読み始めると、『良寛の弟　山本由之』に記載されているよりも詳細なことが綴られているので、ガリ版刷りのこの日記を一人でも多くの人に読んで頂くためにも、活字化して資料を提供することに最低限の意味があるかなと考えた次第である。

活字化の作業を始めて、いろいろな問題に遭遇した。とりわけ、和歌の和の字にも通じなかった自分には、身をわきまえない試みではないかということであった。しかし、少しでも勉強してみようと思い、想像力を働かせ続けた。何せ花鳥風月などに、今までほとんど心を躍らせたことがなかったからである。幸い、この旅日記行程は、訪問したこともあり、大学時代を過した北陸地方、三国から金沢、富山を通って、親不知から私の故郷の越後であるので、過去を振り返りながら楽しく読むことができた。そして、感慨めいた気持ちで知りえたことの一部は、註や事項解説の形で書きとどめることにした。

死を迎えつつある兄と向き合うという事態から、良寛禅師（栄蔵）の弟由之の晩年の生きざまをみる機会を得た。由之は、本意であったか否かは定かではないが、兄が投げ出した橘屋の名主職などを受け継がざるをえなかった。しかし、折しも幕藩体制の衰退と士族や僧門の堕落、天変地異による農民の永続的な貧困化に伴う飢饉や一揆に加えて、出雲崎港が大型船に対応できないことから、さらには、尼瀬の京屋という競争相手との長年に及ぶ確執から、家は凋落の一途を辿った。そして、町民からの提訴に敗北し、役職と財産の取上げと所払いの処分を下された。由之は、妻を失った半年後、社会的な地位と身分をすべて失った。人生五十年の時代に、由之が五十歳を越えて社会的に抹殺されようとしていたときに、この喪失や失意がその後の人生にどのような影響を及ぼしたのであろうか。作家水上勉が評価したように、たとえそれが絵ものがたりであるとしても、由之が女たらしや放蕩癖の持ち主というだけでは片付ける事ができるとは思われない。では、由之がどのように生きようとしたかを問うてみたいというのが本書のテーマである。由之のこの三国湊から東北秋田までの旅日記は、由之が失意と挫折に耐えて、文芸の道で苦しむよりもむしろ楽しんで生きてきた証の一部を示してくれると想う。

二〇一四年　弥生

矢澤　昇治

目次

一　「橘由之日記」

渡辺秀英

◎橘由之の大略

橘由之は以南の二男で良寛の弟である。通称を新左衛門、または左衛門泰儀といった。宝暦十二年に生まれ、天明六年二十五歳で以南の後を継いだ。文化十七年十一月町民との争いから家財取上げ所払いの判決を受け、翌年後を長子馬之助泰樹に譲った。諸方を遊歴したのち与板に松下庵を結び、風月を友とし、和歌の師匠として過した。

はじめ巣守と称し、雲浦と号し、のち無花果園由之といった。物にこだわらず大らかな性質で、国学にすぐれ、和歌は桂園派を主としている。著書には刊行されたものに、歌学の参考書として「くらげの骨」があり、稿本には、「百人一首注釋」がある。日記の中の序文によって「百人一首山口栞」が知られるが未見である。天保五年正月十三日七十三歳で亡くなり、島崎隆泉寺に良寛と並んで葬られ、墓碑には由之宗匠墓と題されてある。

◎橘由之略年譜

1762	宝暦12	1歳	由之生る。父以南27歳、母秀子28、兄良寛5、姉むら子3。
83	天明3	22	母秀子死亡、49。
86	〃6	25	父以南隠居し、由之家督をつぐ。
95	寛政7	34	父以南死亡、60。

1801	享和1	40歳	原田鵲斎と弥彦神社へ百首和歌を献納す。
04	文化1	43	出雲崎町民橘屋を訴う。由之島崎へかけおちす。
10	〃7	49	五月妻やす子死亡、42。十一月家財取上所払いの判決をうく。
11	〃8	50	隠居して長子馬之助泰樹家をつぐ。
17	〃14	56	良寛を訪ね、越前に赴く。二月？　福井発、三月三日嵐山の桜を見る。
20	文政3	59	十月越前出発。十月十八日出雲崎自宅に帰る。
21	〃4	60	三月十一日出雲崎出発。五月十五日酒田着。
22	〃5	61	四月二十九日酒田出発。五月五日秋田着。
23	〃6	62	62～64歳のこの間に北海道へ渡り、松前にあり。
26	〃9	65	二月与板にあり。
31	天保2	70	良寛死亡。
34	〃5	73	一月十三日死亡。72歳？（本間泰人「石碑祭祀手向歌」跋）。

◎橘由之日記

本書の原本は三条市加藤重男氏の所蔵である。半紙版六十五枚に細字でこくめいに記されている。晩年の手紙には筆不精のようなことを書いているがそんな風は見えない。表紙は相馬御風先生の筆で橘由之日記と書かれているので、題名はそのままにした。加藤氏は三条市の名家で、古くは橘屋と親戚だったのでこの日記と百人一首註釋とが伝来しているのである。数回の大火にも片隅を焼いただけで残ったのは天佑というべきである。

文政三年十月越前を出発して出雲崎に帰り、翌四年出発して東北旅行に上り、鶴岡・酒田と旅をし、酒田で越年、文政五年八月八日秋田の歌会で終っている。前後三年にわたる旅行記である。文人・歌人としての作者を見られるばかりでなく、由之の人物を知ることができ、郷土史料としての価値も大きいと思われる。

この外に原田勘平氏所蔵の日記一巻がある。内容は出雲崎出発から酒田到着までの記事を清書して、文政四年十月酒田の伊藤等和《としちか》におくったものである。

◎もくろく

橘由之日記

いかで疾《と》く目《ま》のあたり思ふ事をも問ひきこえ奉らんと、心ばかりは急がれながら、老の身にこごしき(1)山路をばすがすがしう(2)もえ思ひ立ち侍らぬ中に、故郷の孫等《うまごら》の見まほしう、はた松島の雪の景色も一度はと、この程あながちに(3)三国(4)*の浦を旅立ちはべりぬ。命だに堪へ侍らば、二年三年《ふたとせみとせ》の程には必ず訪ひまゐらせんとするを、思《おぼ》し捨てずば数ならぬ名をも聞こし置き給へね。またこの雲丹*《うに》はおかしきすじの物ならねど、文奉るしるしに侍り。これに物なきはさうざう(5)しきは古人《いにしへびと》もいへるにならひてなん。

限りなき　雲居のよそに　隔つとも　心一つは　通ふとぞ聞く

なお後にもきこしまゐらせむ(6)。あなかしこ

九月　　由之

大(7)*秀大人

1（原本の頁）

(1) けわしい。

(2) あっさりと。

(3) 無理に。

(4) 福井県坂井郡三国町の海岸。

(5) さびしい。

＊は「三　日記の事項解説」に掲載した項目。

(6) 申しあげましょう。

(7) 不詳。

＊住吉の浦の絵《かた》に

世の憂《う》さも　忘るてふ名の　草葉生ふる　こや住吉の　浦わなるらん

◇三国に残せる歌並に辞

文化の十四年《ととせまりよとせ》、(1)夏草のかりそめにさすらひ来て、はや四年《よとせ》の秋も過ぎぬるは、ただ春の夜の夢に似たり。かかれば隙《ひま》行く駒《こま》の歩みいと疾《と》く、数ふれば今年は(2)かのまさに譴有りと歎きし翁が齢に同じければ、(3)みつわぐむに至らぬさきに、松島の雪の景色見まほしう、かつ故郷をも訪はばやと思ひて、十月五日になんこの三国の津を旅立ちぬる。さるは来む年の秋を必ずとは契《ちぎ》るものから、七夕《たなばた》ならぬ人の身は(4)おぼつかなきかた無きにしもあらず。

老の身の　(5)うしろめたさも　思はじよ　これを限りの　別れなりせば

命幸《さき》くて帰り来なば、その喜び書いつけむ、

もしこれを限りの旅ともならましかば、この巻の末に歌ども詠み添へて亡き

---

[2]

（1）かりそめの枕詞。

（2）不詳。

（3）老いて腰がかがむ。

（4）不安な。

（5）不安。

かげに手向け給へとて、人々の御もとに留む。

(6)*庸《もちふ》が駒のはなむけに添へて鶴の羽織れる内着やうの物贈りしよろこびに詠みて遣はせし。

うちかけし　鶴の毛衣　重ねつつ　雪の松島　見て帰り来ん

◇越路の日記

○十月五日　夜をこめて仮庵を出づ。今日は空明れていとのどかなれば、男女みな送りす。蓮の浦より船に乗りて(1)*芳崎に着く。そのかみ舟の中にてかく歌ふ。

わが命　幸《さき》くしあらば　帰り見む　吉崎の海　水な涸《か》れそね

人々の中にも哀れなることどもあべかめれど、かたみに別れの悲しびを酒にゆづりて忘れむとすとて歌さへに皆忘れにけり。かくて人々は公事《おほやけごと》あるは私の業《なり》など繁ければ、ここより帰りしを、飛彈人鳳頂はなほえ帰らず。さる間に雨さへ降り来ぬれば、己もともに吉崎に宿る。

---

(6)　人名。

3

(1)　吉崎なり、北潟の東にある。

○六日　よべは雨に潮風添へていと激しかりしかど、今朝は空晴れぬれば、飛彈人を別れて出づるに、哀れなること言ひ尽くすべうもなし。行くままに*大聖寺山の黄葉いとよかりければ、かくなむ、

着て帰る　身にしあらねば　家づとに　紅葉の錦　あくまでも見む

辰の時より雨になりていといたう寒ければ、黄葉の錦は今ぞ着まほしき。琴の海のほとりにて、かく。

***琴の海の　名に立つことは　年を経て　岸の小松を　払ふ秋風**

*月津の駅《うまや》も雨降れば、今日はかひあらじ。*久志の遊びも今は身に用ひなければ、ただ過ぎに過ぎて小松に宿る。

○七日　朝《あした》より雨降れど、ここに留まるべきならねば、うちわびつつ宿りを出しに、*阿保川水増りてえ渡らねば湊にめぐる。このあはひ大路ならねば、あるは河原、あるいは田畔などたどり行くに、雨風いやますますに烈《はげ》しくて、寒きこと物にも似ず。風はげしければ蓑《みの》も笠も不用にて、しとどに濡れて湊に着く。

4

ここにて酒売る家たづね出て、その火まづ焚けとて、山下水ならねど濡れし衣をあぶりつつ肴物乞ひしかど、海荒れて物なく、ただ塩鰯《いわし》のかぎりをあはせてのむ。酒のうまさも折にこそよるにやあらむ。今日金沢の里までと志《こころざ》しかど、日暮れぬれば*布市に宿る。

○八日　風なほ寒かれど雨止みぬれば、朝霧とともに立出でつつ金沢に着きぬ。この間ただ一里なればいと早し。この里にて旅装も整へはて、はた訪ふべき人もあなれば九日も同じ所なり。ここはいと広う賑《にぎは》しう、魚《いを》鳥も多かれど、酒悪ければ湊の塩鰯にも劣れり。

○十日　雨風なくて*石動《いするぎ》の駅《うまや》に至る。この夕《ゆふべ》名に立ちし*倶利伽羅《くりから》山を越ゆとて、いと困《こう》じにたれば*峠《たむけ》の茶屋に憩《いこ》はんとせしに、折しもその家の娘、子産みそこねて絶え入りしを、呼び生けむとすとて、父母声をばかりにふり立て呼ぶなる。いとひとわろく恥がましう聞こゆるものから、子の道には誰もかくこそと、かつは涙ぐましうて、

倶利伽羅の　厳《いか》しき心は　誰もなし　子を思ふ道は　闇夜ならねど

と思ひつつ、夕月に競ひて坂路下りて宿る。

5

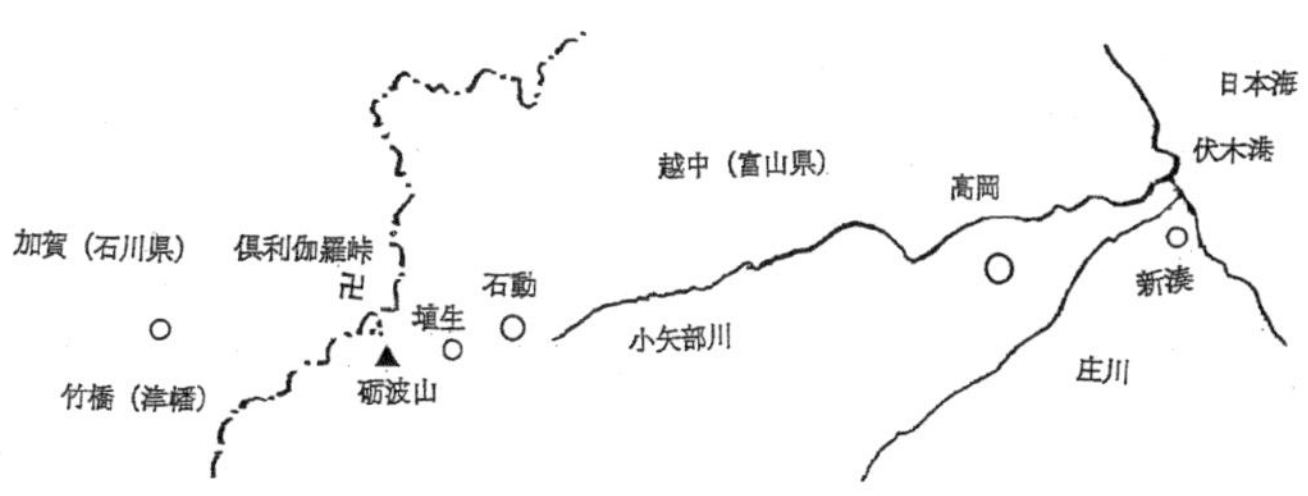

○十一日　昨夜《よべ》雨降りしかば、今日の道いかならむとわび明かせしを、今朝は清う晴れわたりてかつ風も吹かねば、舟に乗りて高岡の里に下る。その舟はいと小さく笹舟などのやうにて危ふげなれど、深く広き川にしあらねば恐ろしうも覚えず。朝日やうやうさし昇りて、嶺にかかる横雲は*青鈍《あおにび》に紅梅の櫨《はじ》させると見し。山々の紅葉は今を盛と染めわたせり。

夜半にせし　時雨《しぐれ》の雨を　今朝見れば　山の端ごとの　錦なりけり

空に心おくべき雲なく、風もぬるくていとのどかなれば、旅の心やりに高岡の酒屋に脚結《あゆひ》取りつつ憩ひて、鰤《ぶり》てふ魚《いを》を膾《なます》に作らせて酒たうべし。その鰤味はひいとよし。されど酒はなお湊のには劣れり。かう心ゆるびしかば、道ほど遠からねど戌《いぬ》の時ばかりにぞ富山には着きぬる。

○十二日　昨日よかりし夜も冬の習ひは夜の間に変りて、今朝は風騒がしう氷雨《ひさめ》降りて頭さし出づべうもなく、はた境の関の符は金沢にて給《た》ぶべかりしを、事に紛《まぎ》れてただに来つれば、ここにては必ず給《た》ぶべきにて、旅屋の主にその事言ひはかりて待つに、(1)司《つかさ》寝、まだ(2)公所《まどころ》に出まさずといひて、さらに事果つべうもなし。かう旅人を苦しめて何の益《えう》にかする。規則に任《ま》けし身とあらば、と

6

(1) 役人が寝ていて。

(2) 役所に出ていない。

く出てとく果たせよかしと、腹立ち居るほどにからうじて持て来《く》。取りて見ればと早う文字違へり。もし此を出さむに、関守許すべきかは。さらば十六里の冬の道をむなしう行き帰りなん。かう物に怠る猿司(3)に事を任《ま》けおく国の守《かみ》の心の程さへ思ひやられてつまはじきせらる。おのれ若かりし昔ならましかば、公所《まどころ》におし寄せてそやつが頭うち破りなむ。今はさる心勢《いきおひ》しあらねば、ただに改め書かしめて取りて出る。時は未《ひつじ》のかしらなり。雨風なお烈しかれど、かう人あなづらはしうする所には片時も居らじとて、怒《いか》き心をふりおこし、脚結《あゆひ》さしかため草鞋《わらうづ》ひきしめ、蓑笠うちひきつつ走り出づる、心一つは猛《たけ》う激ますとすれど、さすがに六十《むそぢ》遠からぬ身は、身体《からだ》こごえて踏所《ふみど》を知らず。麻柄なす□はかじけて、あま衣の前ささふるに堪へず。道は泥深くかつ滑らかにして、いささかも心許さば倒れつべく、倒ればすなはち川に陥りなん。その川は立山の流れ淵瀬も知らぬ大河にて、水の勢常の川にも似ず。もし陥らば千々の一つも命生きなんやはと思ふに、目くるめきせむかたなし。かくするほどに日は暮れつ。霙《みぞれ》さへ雨に混りて肌《はだ》皆冷《ひ》えわたり、舌根こごりてもの言ふに及ばず。滑川より富山に通ふ魚商人《いをあきうど》の帰さに行きつれつつ、従者と三人声を力に辛《から》くして水橋*の渡《わたり》に至りて舟に乗るに、月はあれど空かきくれて遠近《をちこち》も見えず。河浪は舟の艫舳をうち越して衣を浸《ひた》し、渦巻き行く水のおとなひは魂を冷しつつ、今ただ今

(3) 悪い役人。

この舟うち返されなむ。惜しからぬ身ながら、横さまなるようにて死なん命は悲しうて、これ事なく向ひの岸に着かしめて、故郷の孫《うまご》らをもいま一度見せ給へとて、目は塞《ひさ》ぎつつ神達を祈りまつるほかなし。かくして暫《しばし》のほどに舟平らかに着きぬと聞くもただ夢の心地して、人より先に飛び下りつつ水橋の駅《うまや》に宿りとり、火にあたり湯飲みなどして後静かに思ふに、稀有《けう》にして今宵の命生きつることは、ただ神達の大恵《おほむめぐみ》なりけりと、いと尊くて、天《あめ》を仰ぎ地《つち》ををろがみてぬ。

今日の朝《あした》、関のおしして待つほどいとおぼつかなかりしに、雨は頻りなり。具したる従者《ずさ》は物も覚えぬ乞食《かたゐ》なれば、事かたらふべくもあらで、つくづくと思へば、来し方は三十余里なるをすら出立の日より今日八日になりぬ。故郷は今少し遠く五十里にも余れれば、何時いき着きなむもはかりがたきに、なほ遥かに松島の雪をさへ心にかくるを、かう空しう時を移し、雨さへをやまねばいとど心もとなし。

来し方も　分け行く道も　雲ゐにて　中空に降る　冬の日の雨

とわびつつ、事整ひしかば雨風を凌ぎて出しに、道にては又霰《あられ》も降り来ぬれ

7

ば、わななきながらかくなん。

山端も　染めはてなくに　霰《あられ》降る　越の磯路《いそじ》の　冬の日の空

このわたりは紅葉もまだ色薄かりけり。

○十三日　朝とく立ち出でしに、初雪白う降りて朝けの眺いはんかたなし。

つらかりし　昨日の雨の　果《はて》なれや　黄葉《もみぢ》色どる　今朝の白雪

また、雁の鳴きわたるを聞きて、

行くままに　紅葉やしほに　見えつるは　北より雁や　染めばしめけん

浅茅生も　やけ果てぬれば　雁がねは　今は涙に　何を染むらん

今日は雨風なければ、道を急ぎて布那見てふ(1)*磯山もとのえせ駅《うまや》に宿る。この

8

(1) 今の舟見町。北陸の本道は、三日市・入善・泊であるが、大水のときには舟見を廻った。

家、火の災にあひし後とて、三つの道一つは絶えたれば、夜いと苦しかりき。これなみの事はここのみにしもあらざりしかど皆もらしつ。

○十四日　雲なく風冴えたり。霜を踏みてしばし行くに川あり。その川はよきほどの石も転びゆく山河の大きなるにて、舟も渡守もなければ、ただ渡りに渡る。恐ろしさに汗あえて足の凍《こご》ゆるも知らず。辛うじて渡り行くに、かのかひなし従者は、足痛し肩耐へずと、うめきのみして道もえ行かねば、泊の駅《うまや》より人傭《やと》ひて旅の具持たしめ、吾も竹輿《こし》に乗りて行くに、(1)釘貫《くぎぬき》し廻して事がましき所あり。これなむ境《さかひ》の関屋なりといへば、下りて富山より得て来《こ》し符渡いて過ぐるに障ることなし。ここに並み居し奴ばらはみな猿に似たれど、公《おほやけ》をかうけにしたり顔なるも憎きものから、治まれる世の御稜威《みいつ》とかつは尊し。ここより道はなお遥けさながらも、おのが同じ道の後《しり》の境に入りぬれば、心少し落ちゐぬ。かねては恐ろしと思ひわたりし親不知・*駒返も事なく過ぎて青海に宿る。この宿りいとよく、主《あるじ》も心あるさまなり。親不知のこなた礪波《となみ》の上の山の紅葉いとよかりしかば、そこにて、

(2)やきたちの　となみの山の　黄葉《もみぢば》は　浪の花もて　染めしなるらん

9

(1) 杭《くい》の上をとがらした垣。

(2) 焼いて刃をつけた太刀は鋭いので、「利心《とごころ》」、「と」の枕詞。

(3)駒返にて、

もみぢ葉に　心染めつつ　旅人の　駒返しとは　名づけそめけむ

このわたり西に向かひて潮風いと激しけれど、いかなるにか紅葉みなよし。

○十五日　今朝も空晴やかなれば、とく宿りを出てとばかり行くに、やうやう東《ひむがし》の山の端少し明かりぬれど、有明の月はなほ光消えず。

横雲は　まだ絶えやらぬ　しののめの　光に向かふ　有明の月

姫川渡るほど明けもてゆきて、草葉の霜白々と見ゆ。

霜冴《さ》ゆる　*浅茅《あさぢ》が末は　あらはれて　光をさまる　有明の月

今日も荒き浜辺こごしき山路行き暮らして名立の駅に宿る。ここは七八十年の昔、山崩《く》えて一里《さと》残りなく尽きしとか。そのありしやうは、この里皆*かづきする(1)海人《あま》にて、春の頃にや、いとのどかなりし日、例の魚《いを》釣るとて、各々《おのも》沖つ

---

(3)　親不知の東にある*歌外波をいう。

10

(1)　水中にもぐりこむ漁師。

潮合に浮かびて千尋《ちひろ》の縄延《はへ》へ、篝火《かがりび》焚き続け、歌うたひてある折に、俄《にはか》に住家の方に火起りて見ゆれば、驚きながら急ぎ帰る。誘ひ合はすとしもあらねど、誰が目にもさ見えしかば、同じやうに帰りしに家には事もなし。こは如何に、怪し、など言ふほどもなく、上の山ゆさゆさと揺るぎ出る。即ち、(2)手を返すごと打ち返りて、家も人もみさみさとひしげて、(3)皆失せしとぞ。あなむくむくし、(4)今しもさる事あらましかば、我等いかでか逃るべき。されど、そはここのみにも限らず、さる事に逢《あ》ふも、またさりがたき(5)禍を思ひの外に免《まぬ》かるるも、ただ神達のみ心にて、人のはかり知るべきならねば、さればとてあるに、主《あるじ》知る人にしあなれば、酒取《と》う出て飲ますするを、飲みて笑ひ楽しむ。御肴《さかな》に何よけん、鰤《ぶり》のあつもの、鱠《なます》もよけんと歌ひつつ、かつぎ出せしは紅梅に光りていといと脂《あぶら》けく見ゆれば、味もさこそはと思ひしには違《たが》ひて、さらに脂なくわろかれど、人のもてなしをいかがは栄《はえ》なきさまには言ひけたむと念じをる(1)を、かのかひな(2)しよく食らひ、物にはさすがに魂《たましひ》あればにや、湊の酒、高岡の鰤をふと言ひ出て、舌根たんたんと鳴らすもをかし。

○十六日　檍《あはぎざか》坂にて詠める。

あわぎ坂　あわきは色も　変らねど　わが身やいかに　老いまさりなん

（2）忽ち。

（3）つぶれてぺしゃんこになる。

（4）恐ろしい。

（5）のがれることのできない。

11

（1）がまんしている。

（2）かいしょうのない従者。

この磯山は*檍木多く、かつ異《こと》所にも似ず。あるは三抱へ、あるは四抱へ、この茶店の軒なるも二抱へには余りつべし。さてこの坂の名にも負へるなるべし。おのれ三十年《みそとせ》の昔、また四十年のあなたに見し、今も変る事なし。今日異《こと》なる事なくて柿崎に至りて宿る。里の名にも似ず主《あるじ》渋からず。

○十七日　雨降りてひねもすに止まねば、米山越ゆるほど苦し。今日道のほど近ければ、未《ひつじ》の時に柏崎に着きて宿る。この里を柏崎と言へるもとは堅石にて、里のみ中に怪しき石二つ土の中より抜け出で立てるによる名なるべし。さるを後の世怪しき形に彫《ゑ》りなして、*立地蔵・ねまり地蔵とつけておよなどもは拝《をが》むなりけり。すべて何くれの昔の跡も皆*法師ばらに言ひひがめらるる世となりしこそ口惜《くちを》しけれ。

○十八日　今日も雨風騒がしけれど、家に入りなむ嬉しさに事にも思はで日暮れはてて着きぬ。さるは思ひしにもまさりて荒れはてつれど、皆幸《さき》くて待ち喜び、かつ孫《うまご》の数そはりて、走りまつはれるを見れば、何の物思ひかあらむ。

ふる里と　荒れしものから　庭もせに　小松のかげぞ　生ひしげりける

これにつけても昔思ひ出でしとぞ。

帰り着きては訪れ来る人繁うもの騒がしきに、折からの空も時雨がちにてのどけき夜なければ、門の外にもさし出ることなく、何となう神無月も過ぎ、霜月も十日あまりになりぬ。昔広かりし庭も今は海人《あま》の小屋ども建ち混みて、眺め出すべき方だにあらねば、昼は乱がはしき片隅にかじけをり、暮るればうち臥しのみして月の行方《ゆくへ》も知らざりしを、望《もち》近き夜空珍しう晴れて、程なき*閨《ねや》の空をあながちに照らす光を見驚きて、

月にさへ　うとくなりゆく　老の身は　かくのみぞする　宵まどひかな

此頃三国の庸《もちふ》が便りにつけて文おこせし奥に、

神無月《かむなづき》　時雨の空の　明け暮に　君をのみこそ　思ひやらるれ

と、ただ事に言ひおこせしを思ひ出て、

別れ来《こ》し　浦わの影を　思ふかな　潮気にさゆる　月を見るにも

---

[13]

荒れたる庭に霜置きて月の冴《さ》えし夜、

古《いにしへ》も　あはれとは見し　庭《にわ》の面《おも》の　霜夜の月は　今ぞことなる

海を見やりてかく、

波のほに　見ゆる佐渡の山　この頃は　雪気の雲に　あ*とはかもなし

○十七日　いとつれづれなりければ、

高砂《たかさご》の　をのへの松と　君ならで　誰に昔の　こと語らはむ

と、言ひやりしは、古の友は皆うせはてて唯一人残れる老ひ人なりけり。

雪積りて風激しき夜、

雪降れば　あとだに見えぬ　わが宿を　いかで嵐の　たづね来つらん

新に*蔵経を集めし*大徳(1)に詠みて奉る。

かきつむる　たらの落葉の　水くきは　流れて末の　世にも朽ちめや

○十七日　家を出て寺泊より国上に詣でて、二十八日、七日市(2)に至る。日いと麗かに晴れて春に似たり。槙原の*なわてを過ぐるに向かひの村々を見さけて、

年暮れて　春の隣の　近ければ　のどかに煙る　雪の遠里

晦日《みそか》の日よめる。

ゆく年を　せめても惜しむ　心かな　今日に閉ぢめし　月日ならねど

◇文政四年

○一月一日《むつきついたち》

14

(1)　与板徳昌寺の虎斑和尚をいう。

(2)　長子馬之助の妻遊子の実家である山田氏を訪ねたものであろう。

朝日かげ　同じにほひの　山の端も　今年にあくる　しののめの空

谷風よ　古巣とよもし　鴬も　春と知るがね　吹きて告げこそ

○七日の日、野山もわかぬ雪を見るにも都のてぶりさこそと思ひやられ、

今日といへど　若菜も見えぬ　越《こし》なれば　こや青馬(1)*に　かはる白雪

同じ日僅かに若菜を見て、

若菜つむ　越路は野べも　見えなくに　心の春や　み雪わくらん

月のおぼろなる夜、

梅が枝も　まだつれなきを(2)　大空は　霞ににほふ　春の夜の月

風騒がしき日、

15

（1）一月七日、青馬の節会。

（2）なんの変わりもない。

野分にも　変らぬ音を　いかなれば　春吹く風の　のどけかるらん

霞にむせびて月の光いとなつかしく見ゆるを、

八重霞　隔つるものを　あやにくに　近(3)まさりする　月のおもかげ

雪のいと高う積れる暁に烏《からす》の鳴くを聞きて、

白雪の　降りて積れる　暁は　声に烏《からす》の　ねぐらをぞ知る

これまで七日市にてなり。

(1)六人の歌人をかける絵《かた》に、

古《いにしへ》の　跡こそとめね　浜千鳥　鳴く音あはれと　聞く人は聞く

牛に柴《しば》負ふせてその柴に花さし添へて小原女のひきたる絵《かた》、

---

(3) 近くから見た方が美しく見える。

16

(1) 六歌仙の絵。

世をうしと　思ひなはてそ　大原や　小野にも春は　花し匂へば

松に鶴のゐたる、

千世経《ふ》れど　色も変らぬ　松が枝を　己が友とや　宿るたづむら

(2)江原の大刀自《とじ》が七十《ななそじ》の賀に詠みて遣せし、

七十を　いく度ばかり　重ねてか　君が齢《よはひ》の　*くだちをも見む

昨日は風やはらかに少し春ある心地して、十日の日詠める。

面影を　残りの雪に　先だてて　花の姿を　見する春風

十日あまり五日てふ日、人のもとまかれりけるに、氷を穿《うが》ちし沢田の芹《せり》、雪間につめる野べのよめな、ふと取合はせて青物に出せるを見て、

17

---

(2) 江原氏のおばあ様。不明。与板藩の御用人に江原頼母あり、この親か。

雪消えぬ　越《こし》のならひと　きさらぎの(1)　もちに若葉の　色をこそ見れ

同じ頃、いといたう寒きあしたに詠める。

そら寒み　うらなれ衣　とり重ね　またきさらぎの　けさの山風

◇草の露

荒れ風激しき野分《のわき》も幾十度《いくそたび》しのぎ来けんを、この頃の春風にすら志折られて心地わづらひぬ。これなみのいたづきやは何かはと真盛りの昔はあなづり思ひしを、齢《よはひ》の積りにひたぶる心(2)も失せしにやあらむ、いと心細うおぼしければ、

露よりも　げにはかなかる　この世には　何を草葉に　かけて頼まん

とは言ふものの、なほ思へば自らこの世に生まれ来しは憂き目見んとての為にやと思ふ事のみ昔も今も変らずなん。そを免かれて嬉しき世に浮び出むこそいとかたきわざなむめれ。さるにては身の憂さの清う絶えはてざらむかぎりは、

---

(1)　二月十五日。

(2)　いちずの心。

命も心に任せじと思ふには辛《から》いものから、かつは頼み所ある心地す。

わが身よに　限はあらじ　うき事の　絶えむを世にて　死なむと思へば

また盛りに苦しかりし夜、夢うつつともなく早う亡《う》せにし人の名を声うちあげて呼ばひつ。自らその声に驚きてためらひ思へば、その人ありし世、かかる折ごとは昼はひねもす夜はよすがら目も合せず身の(1)いたつきも忘れつつ(2)みとりしはやと思ふに、今更にいと恋しう悲しくて、

(3)もみぢ葉の　＊すぎにし妹《いも》が　名を呼ぶも　胸のまどひの　まごころぞこは

ありし世の　心ながらに　＊わぎもこは　＊あまがけりても　憂はしと見ん

今日いささか晴々しければ上のくだりは書いつけつ。かくいふはきさらぎ二十日あまりの四日てふ日なり。

○二十六日　心地もさはやぎぬれば三輪の某が家に行き日ひと日遊びをり、そこなりける庭に立てりし松の大らかなるを見て、よく思へばおのが童《わらは》にて走り

---

⑱

(1) 苦労。

(2) 看病したなあ。

(3) 散り過ぎるので、「すぎ」の序として用いた。

ありけるをりの小松なりけると見るに、その世の人一人だに残らぬは、ただあらぬ世界の心地していとあはれなりければ、

見ればまづ　思ひ出多き　昔かな　松も我をや　あはれと思はん

夕暮になりてやや寒かりければ、明り障子をさすとて、

春風の　のどかなるさへ　身にしめて　昔をしのぶ　今日にもあるかな

○二十七日　雨降りていとつれづれなりければ、野山の眺め思ひやられて、

春雨は　やや温かに　なりにけり　山のみ雪も　今や解けなん

(1)松下の某が嫁取の*賀歌《ほぎうた》を江原の大刀自におくるとて

松下の御ことほぎに松に寄する祝てふを題にて人々戯《たは》れ歌詠みてまゐらすと聞けど、おのれさることはいと*手づつなれば、同じ心のただ事を歌のさまに取りなして、近き御縁《ぬかり》とまづ君が御許《もと》になむ。

---

⑲

(1) 与板藩の役人で松下氏は御用人の松下求馬と元〆の松下相馬の二人あり、江原氏との関係よりすれば、御用人の松下求馬であろう。

高砂《さご》の　尾の上の松を　吹きむすぶ　風にも千代の　声聞こゆなり

千代こもる　松の葉ごとの　数はあれど　絶えぬ契は　読みも尽くさじ 20

○弥生《やよい》三日の日は朝《あした》より碁を囲みて、四日の夕暮までをののき暮らしぬれば歌もなし。(1)伊勢人光基に始めて会ひて、(2)鈴の屋の翁の勲《いさを》ありし事など相語らふついでに詠める。

まとゐして　同じ心を　語らへば　いとど短かき　春の夜半かな

伊勢の返し、

言の葉の　花さへ実さへ　匂《にほ》ふなる　名に負ふ越の　橘《たちばな》の君

嵐山かける絵の賛、

この山の花を見しは(3)五年《いつとせ》のあなたなるこの月の今日なりしを、おもほえず今またこの絵を見るも縁《えにし》あればこそあらめ。

（1）不明。

（2）本居宣長。

（3）文化十三年三月三日になる。由之の行動を知る有力な資料である。

見し春に　変らで匂ふ　花の色　松の千歳に　あえやしつらん

絵様《やう》は松の木の間に桜花咲き満ちたり。そのかみの歌は「鶴の林」(4)*の中にあり。

遊女の夜更けて書見る絵《かた》、

古《いにしへ》の　人の心も　思はぬを　思ふなげきぞ　変らざりける

同じ日、(1)箭田《やだ》の某《なにがし》が家に行きて聞けば、鶯も声やや馴れにたるを、初音と聞くもおのがこのほど宿れるほとりは軒繁く煩《わづら》はしきまぎれに、今日を初音と聞く心遅さも面《おも》なくてかんなん。

鶯は　やや老いにしを　聞く耳の　初音やさしき　住みかなりけり

ある人の庭に昔のかたみとて、いと古き松また新しき石のあるに歌詠みてよと請ひければ、

さざれ石の　なれる巌《いはほ》に　契り置きし　松の二葉も　苔むしにけり

---

(4)　歌集の名であろうが不明。

21

(1)　今の寺泊町矢田。

上のくだりは与板《よいた》にてのなり。

ここに帰りて後、松島へ立つ日など三輪某《なにがし》がり言ひ遣《つか》はせしついでに、

松島の　松の千歳《ちとせ》を　つとにせん　ま幸《さき》く待たせ　わが帰り路を

三国の庸《もちふ》への文の奥に、

ここに吹く　風のつてにも　植ゑて来《こ》し　桜の花の　思ほゆるかも

かう言へるは、去年《こぞ》かしこにありし折、仮庵《かりほ》の庭にも向*ひの島にも桜木多く植ゑしを思ひてなり。

同じ三国の良言がもとより北へ行く雁《かり》にわが身をなど言ひおこせし返しに、

雁とならば　君や雲露に　まどふらん　風に任する　わが身と思へば

去年《こぞ》の春、青木(1)のますけ入道の山里へ歌どもおこせて、程なく亡《う》せしをいと

（1）不明。

22

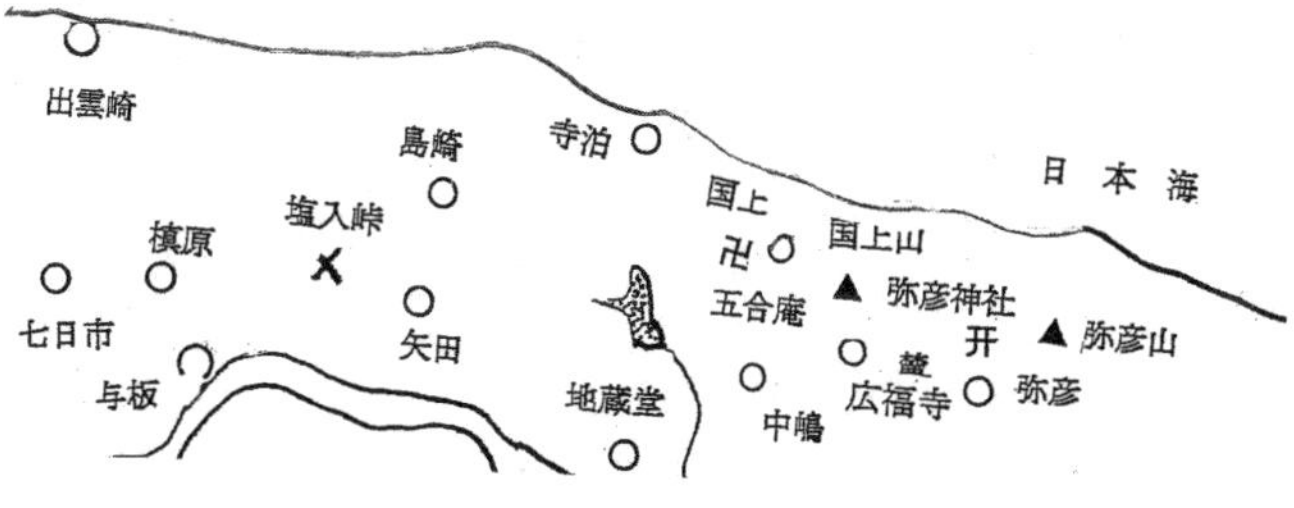

哀れに思《おぼ》して、家に帰りてその詠草を甥《おい》の(2)まさとしがもとへ返せし折の文ならびに歌、

　この程帰りさぶらへども何くれと紛らはしう御訪《とぶら》ひ申さずなほざりにうちすぎさぶらふ。さいつ頃は叔父君にはかなる御事にて、さこそ露けくおはすらめ。翁も古き友とてはただ一所を頼みにかけしもうち捨てられまゐらせは、見果てぬ夢の心地にて夜は寝覚めに明かし、昼は歎きにしをれ暮らしさぶらふ。さてさきに見せ給ひし歌ども(これはまさとしが詠草なり)よろしくさぶらふを、なほ思ひ寄りさぶらふ節々にはいささか筆加へ進じ候。(3)なかなかなる(4)僻事《ひがごと》にもこそさぶらはめ、はた亡き人のは、

花盛り　あとのかたみの　言の葉も　今は歎きの　たねとこそなれ

と思ふも益《やく》なく、かつ長き御かたみとも思ひさぶらへば、御許《もと》へまゐらせさぶらふ。(1)つばらかには、まのあたりにもとてなん。

さきに忘れたり。(2)良言がり事ども書いつけて奥に、

松島の　千本の松の　齢《よはひ》すら　千歳《ちとせ》のかぎり　ありとこそ聞け

---

(2) 不明。

(3) ばからしい。

(4) まちがい。

23

(1) くわしく。

(2) 良言のもとへ。

扇をとりて、やがてそれに書いつけし、

夏来れば　やがてとらるる　か(3)はほりも　秋待つほどの　栄なりけり

明日あさての程に出で立つとて、*山田の某がり言ひやりし、

松島の　松の齢《よはひ》を　ためしにて　君も千代ませ　われも千代経ん

○十一日の昼過ぐる頃立出づるに、山田の駅《うまや》まで泰済(4)をはじめとして皆送りす。騒がしきやうにて何事もまぎれつつ、その夜寺泊に着きて姉刀自(5)*の家に宿る。(6)禅師《ぜし》の君も来合ひませば、そこに暇《いとま》申して、十四日の日出づるに、かの(7)君・姉刀自・おのれもみな老の身なれば、これや限りの旅ならむとかたみに哀れなること限りなし。されど、なかなかに言には出さず。

その日麓村の広福寺(8)*に宿る。千歳《ちとせ》八千歳たちぬれば、古き人はなくなりて、いとどはかなき事を思ふに、残れる人々名残惜しめば、十五日も同じ所なり。

○十六日には暇《いとま》申しにとて、(9)伊夜比古《いやひこ》の御社に詣《まう》でて帰る。

○十七日はひねもす雨降れば、若法師ら集めて碁うち暮らし。

---

(3) 扇。

(4) 由之の長子馬之助。

(5) 姉はむら子、寺泊の外山氏へ嫁していた。

(6) 良寛。

(7) この時の三人の年齢は、良寛六十四、むら子六十二、由之六十。

(8) 原本は、興福寺と誤記。浄土真宗。

(9) 弥彦神社。

○十八日に小関(1)*の千森(2)（いま名を篤興と改む）が家に宿れど、御も去年より東《あづま》に行きて、篤胤《あつたね》を師として物習ひ居れば、大刀自と昔の事ども語らひつつ、明くれば舟より茨曽根《えばらそね》に下る。その出立の折、主《あるじ》帰らば見せよとて、文書きて刀自につく。その文の中に、

ぬば玉の　夢な怠り　とこよべゆ　待てしまが道　はらふ務を

哀れなる事ども書きもてゆく奥に、

かたみとて　書く玉づさ*の　薄墨に　落つる涙の　数は知らなん

昼つかた舟はてて関根*が家に到れば、家の人々娘*の刀自は言ふもさらなり、外孫等も嬉しと思へる中に、まだ知らざりしが、今は揚巻《あげまき》にてあるを見るにも、中絶えて年経しほどをも思ひ知らる。

○二十一日　また舟に乗りて新潟にとて出づ。家の人上中下《かみなかしも》みなこぞりて堤まで出て見送る。さて下《くだ》すままに人々の顔も小さくなり行きて、いと心細き折しも*呼子鳥《よぶこどり》の鳴くを聞きて、

24
（1）今は燕市に属す。もと小池村小関。
（2）上杉六郎といい、平田篤胤に入門して、国学・和歌をよくした。

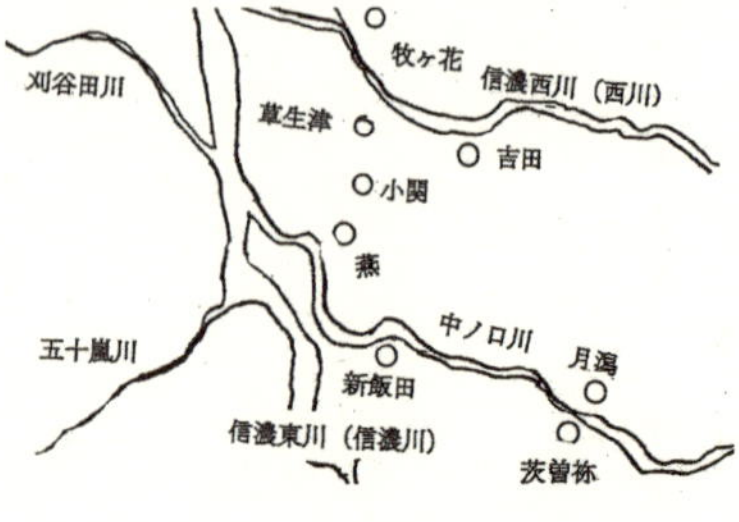

さらばとて　舟さし出す　川の辺に　心細くも　鳴く呼子鳥

命あらば　また帰り来む　信濃川　いまゆく水は　帰り来ずとも

川水の　帰らぬ見れば　別れゆく　今日の舟出は　心細しも

柳垂るる　河岸の小柳　ゆく水の　別れや惜しき　河岸の小柳

これらは下りゆくままにまに詠めるなり。こたみは松高屋[1]に宿る。その日やがて友達を訪ねし中に宮島[2]のよしたね、

嬉しかも　喜ばしかも　別れてゆ　八年経にける　友に会へるは

返し、

嬉しかも　かつやさしくも　思ふかな　見ゆるかひなく　年の積れば

25

（1）松島屋某が家に（原田本）。

（2）宮島の―原田本により補う。

○二十五日　人々共に題を探りて鵜《う》川を得たり。

鮎《あゆ》とると　立つる篝《かがり》の　影見えて　沈みもあへぬ　瀬々の石船*

扇に物書きてよと人の言ひけるを取りて見れば、桜山吹の押花、また葵《あふひ》・紅葉・忍草の葉を貼《は》りこめしかば、ただならんも興なしとて、吉野の花も青峯《あをね》の嵐に散り、井手の山吹も玉川の水に誘はれて影と共にうつろひ行き、神山の緑のもとにかざしし葵の二葉も時過ぎて摘む人なく、小倉の黄葉もいまは麓の塵と朽ちはてぬれば、

来《こ》し方を　しのぶとすれど　うつりゆく　月日も露も　とまらざりけり

*時鳥《ほととぎす》聞きつと人の言へりければ、夜昼空にのみ耳たつれど、なほえ聞かず、

あし垣の　ま近きほどを　里わきて　我にはつらき　山ほととぎす

おのが待つ　皐月《さつき》も来《こ》しを　時鳥　などわが宿に　訪れはせぬ

かく言へるは五月《さつき》の一日《ついたち》の日なり。
ある人、望月《もちづき》てふ唐菓子*をただ一つ得させしを、またある人に贈るとて包紙の端に、

二つなき　物とは知れど　望月も　一つばかりは　さびしかりけり

○五日の日、

みちのくの　浅香の沼に　生ひぬてふ　菖蒲《あやめ》は*うべぞ　根深かりける

恋の歌書きてとて扇を出しければ、即ち、

秋風に　忘るばかりの　なかならば　あふぎてふ名を　何にかけまし

直子が扇に詠《よ》みて書ける。

北へ行く　身を忘れずば　秋を待て　雁の翼に　ことづてはせん

よしたねがもとより扇に長歌書きて送れるその反歌に、

会はん日を　いつとか待たん　松島の　松の千年を　経る心地して

とある返しを、やがてその人の持たる扇に書いつく。

松島の　まつとし聞かば　訪れむ　添へし扇の　風につけても

去年《こぞ》の秋より肘《ひじ》痛みて今に癒《い》えねば、このたびのついでに温海《あつみ》の湯浴びて行かむとするに、葡萄坂はいと峻《けは》しう、海府道は危く、はた宿りなど心にまかせぬが上に、その浦々は舟より見るいとよしと聞けば、乗りて行かむとて舟便待つほど十日にも余れり。からうじて便りは得たれど、今日は風かなはず、明日は雨降りなんなど言ひて、また五六日《いつかむゆか》むなしう過ぎぬ。急ぐ旅にはあらねど、するわざもなくて日を送れば、この二日三日となりてはいといたう心焦《い》られす。
○十一日にもなりぬ。今朝も空曇れれば、また不要にやと思ふに、にはかに艫《とも》綱《づな》解くとて急がしたつれば、朝飯《あさいひ》も食はで舟場に出づ。嬉しきものからさすがに名残惜しきは我ながらあやにくなる心なりかし。港漕ぎ出しほどは追風《おひて》にて、立ちのまに五六里走りしに、(1)武生《たけふ》の国府《こふ》*ならねどあひの風吹き、裏帆うちて舟は揺ぎながら同じ所にのみたゆたふ。

すべなくて沖べを見れば、北より西によりてさやかになつかしき姿《さま》したる島山見ゆ。楫取《かぢとり》の翁《おきな》いひけらく、「かれ見給へ。粟島にこそあんなれ。旅人《たびうど》はまだえ知り給はじ」といふ。

わた中に　生ふる越路の　粟島は　かりにも見むと　思ひかけめや

また東《ひむがし》に飯豊山《いひでさん》見ゆ。名にあひて雪いと白きに、おのが時とてや夏の雲はあやしき高嶺の姿して群《むらが》り出づ。

雪消えぬ　越のみ山の　夏の雲は　いよいよ深き　嶺かとぞ見る

かくて船子ら力を尽くして瀬波*の沖を追ふに、日は暮れかかり風はますます吹き強れば、そこの川門に入りて泊《とま》る。この瀬波の浪てふ文字は、はの仮字にて、越後なるせばの渡りの朝嵐《あらし》と詠みしはここなりといふ説はまことにやあらん。

---

(1) 催馬楽《さいばら》　道口《みちのくち》の律調に「道の口武生の国府に我はありと、心親には申したべ、さんたあひの風や、さんたちや。」とある。これから「武生の国府」は「あひの風」の序のように用いた。あひの風は東北より吹く風。但し所により相違がある。

蒲原《かんばら》の郡《こほり》の西南の口に地蔵堂てふ里の側《かたはら》にあなるをいふと、そこの人々はいへど何の拠《よりどころ》もなし。夜更けもてゆくまにまに波かしましう立ち騒ぎ、はた夜の物もなければ、短い夜なれど明かしかねたり。

○十二日　空晴れ日麗かに照りて思ふ方より風吹きぬれば、暁に舫解きて追ふ。かのよしてふ浦々はこのほとりなるべけれど、波高ければ岸辺をばえ行かで、遥々と沖中を追へば、眺望も不用なり。せめて見さくるに山々の勢激しうて唐絵に似たり。およそ国々にてこそ天下第一の景色なりなどわたくしに誇る所を見るに、いづこもいづこも奇《くす》しき山、怪しき巌《いはほ》の聳《そび》えしなどにて、いほゆかになつかしきは稀なるを思ふに、ここもそれ並ならむと思ひ消ちて過ぐるものから、ゆかしからぬにはあらずなん。出羽の国になりて浜温海てふも見ゆ。かれより温湯ははひわたる程なりと聞きおきつれど磯荒くてえ寄せず。空しう四五里も過ぎて*由良《ゆら》てふ浦に舟はてたり。渡る舟人楫を絶えと(1)*曽丹《そたん》が詠みしは丹後のにやあらむ、紀の国のにやあらむ。ここも同じ名なれど楫し絶えねば事なくて陸《くぬが》にあがる。一日二日《ひとひふたひ》のほどなれど、また食ふべきならねば、舟人とかたみに名残惜しみて、酒飲みかはしつつ別る。かくて今見し磯山を浜温海まで帰る。その道、登り降りいとさかしう苦しと聞きて、三瀬の駅《うまや》より馬に乗りて、*かはたれ時に齋藤又右衛門が家に着きぬ。

29

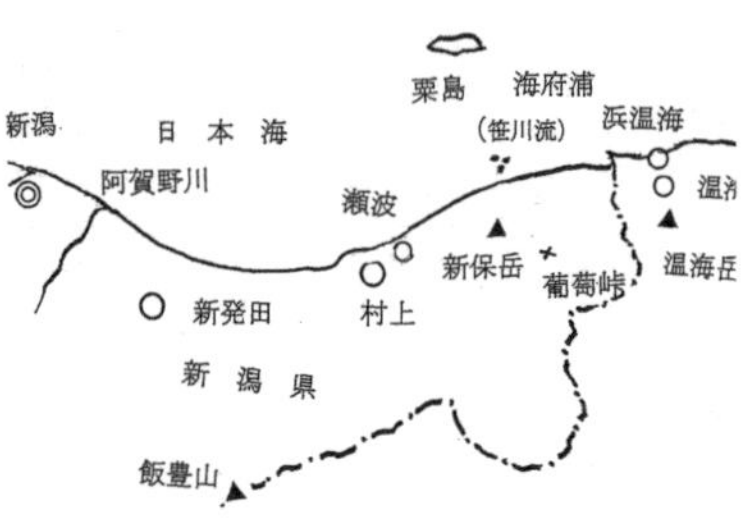

(1)　曽根好忠の「由良のとを　渡る舟人　楫を絶え　ゆくへも知れぬ　恋の路かな」。

○十三日の夜、待ち待ちし時鳥の声を始めて聞く。

この里に　旅寝しせずば　ほととぎす　今年は聞かで　過ぎましものを

嬉しうここに来て願満ちし心地するもかつはもの狂ほし。これの*温海島よ、形おだしう、このもかのもの繁みは筑波山にもまさりて、三輪山にいとよう似たり。朝夕《あしたゆふべ》に雲かかりて、昼はるるもおかし。

出羽《いでは》なる　温海《あつみ》の島は　はしき山かも　*そらみつ大和の　三輪山に似て

嶺をば熊野うしはきまし、里のみ中には*湯道権現と申すおはせり。いかなる御神にかますらん、もしは*大名持少彦名などもかく申し奉れるにもこそあらめ。その外は例の薬師よ地蔵よともてはやす、いとうるさし。この里いづこをうがちても温湯出づるを、人宿す家ごとに槽《ふね》ふせ、冷やかなる清水引きて、熱ければそれさして浴《あ》みもし、また正面と名づけて大きなる二所にあなる。そこにも男《をとこ》女《をみな》みな行き集《つど》ひつつ浴《あ》みののしり、前のもかくしあへぬさまいと乱《らう》がはし。昔よりその神達もや許し給ひけむ、若き人々は心に任せしあだわざともすめり。

○二十日の暁、雨しのをつきて降るに、わが宿れる家は荒れにたれば、枕辺あとべいといたう漏りてたへぬを憎みて、

わが人の　宿る板間の　さみだれよ　さすがに秋の　月はもらじを

明けはてぬれば雲はつれなく晴れわたりて、寝待ちの月も曇りなくて山の端に残れり。

さみだれも　空も人目を　忍ぶとや　明けてつれなき　ねやの月影

されどまたうち曇りて、定めなき時雨《しぐれ》ならねど、降りみ降らずみなほ今日までに止まず。故郷の磯《いそ》の苫屋《とまや》思ひ出て、手を折りて数ふれば、今日は二十日あまり三日てふ日なり。

○二十四日　今日は里の御社の御戸開かれぬれば行きて拝《をが》むに、ひもろぎの中は地蔵菩薩《ぼさち》にて、前なる太鼓の筒に湯花大権現と書きつけしは温泉を守ります地蔵てふ心にや、いと異様《ことやう》なる御称にこそあれ。昨日の記に湯道と書きしは、これらの人声くぐもりてあれば聞きたがへしなり。

○二十八日　同じ宿りの人々あまた帰りて、母屋《もや》の宿あきぬればそこに移ろふ。今までは高屋にて向ひに青山聳《そび》えつつ時鳥《ほととぎす》も便りよかなれど雨漏にわびてなりけり。ここはた雨漏らぬてふのみにて、空行く月日の影だに見えず、あたり人繁うたちこみていとうるさし。

○二十九日　昼は湯浴《あ》みにまぎれつつ、日暮れぬれば灯の前に歌集などくりひろぐるほど、隣の宿は人さはに集まりて酒飲むめり。皆このほとりの賤《しづ》どもなるべし、声だみ詞《ことば》よこ訛《なま》りてその事としもえ分かねど、舌疾《と》にとがりわめくは腹立ちいさかふにやと聞けば、また手うちたたきて笑ふ声いとかまびすし。女《をみな》もまじりつつさすがになまめく、かたはらいたうおぼゆるもかつはわろしかし。

我は彼　彼は我《わ》をこそ　笑ふらめ　いづれ鼻ある　猿《ましら》とかせむ

つごもりの日の夕暮より降り出し雨の、今朝はいとど降り強ければ、温泉も泥《ひぢ》の粉《こ》流れ入りていとむさし。

ここは西一方《ひとかた》のみ細くあきて、異方《ことかた》は皆高山包めれば、新たなる滝どもその数落ちて、緑の山に白絹延《は》へわたせりと見ゆるいとおかし。

さみだれの　つきて降りくる　山里は　常見る滝の　数ぞ添はれる

○三日の日の昼過ぐるまで雨なほ止まず。(1)未《ひつじ》の時より雨少しあがりて温海島に雲あきまあり。

さみだれも　今日ははるとや　温海山　嶺の浮雲　たなびきにけり

鶯は今も声絶えぬを、時鳥はみな月を数へ知りて、やがて鳴き止みたる心にくくおかしと、早う少納言もいへりし、誠にさることになむ。卯《う》の花の咲くを見ておのが時知りながら、なほ青葉に隠れてねたきほどなる曙《あけぼの》の一声などよ。今よりはまた来む年の皐月《さつき》まつこそおぼつかなけれ。

頼まれね　命あらばの　あらましも　何にかけまし　山ほととぎす

今日いささか晴ると見る空の、夕暮よりまた降り出でて、四日も同じ。腕《かひな》も癒《い》えぬれば、五日には湯を出て、志す方にとて旅装するほど、また降れば止みぬ。

---

(1)　午後二時。

○六日は朝《あした》より降りて、(1)午の下りよりはれしかど、今より出でむもなかぞらなりとて人々もとどむればもだしぬ。

○七日も同じさまにて暮れつ。

○八日はことに雲厚く、昨日一昨日《おとつひ》にもまさりて、軒の雫《しづく》も滝に似てかしがましう風さへ添へて霧吹き入るれば、障子《さうじ》さしかためつつ心焦《い》られのまぎらはしにとて酒うち飲みて昼寝せしに、(2)未《ひつじ》のかしらより雨止みぬれば、いづちもいづちも行き暮れなむ所に宿りは取らむとて、人々の止むるをもきかで腹立ち出づるものから、今二日三日にて一月《ひとつき》に満ちなんとするまで馴れし里なれば、さすがに山河にさへ名残ある心地して、顧みれば山高には雲かかりて見えず。

立ちかくす　雲も恨めし　温海山　今日を限りの　別れと思へば

かくて浜温海より舟雇《やと》ひて(3)加茂《かも》の澗《ま》に入日とともにはてつ。里にあがりて宿求むれど、ここは駅路ならねば、舟人ならでは人宿さず。まいて独人《ひとりうど》は上《かみ》のおきてもありといひて、一里《ひとさと》行き帰りまどひありけど皆同じさまにて、情知れる人一人もなし。日はただ暮れに暮れはてぬ。いかにせんとわぶるをば舟人さへ哀れと思ひて、いざおはせ、おのが船に一夜ばかりはわびしくも明かし給ひね

---

(1) 午後一時。

(2) 午後二時。

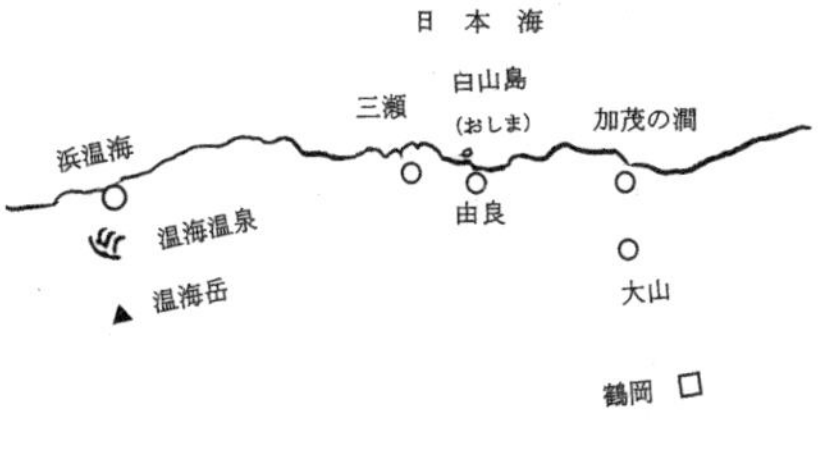

(3) 加茂港。

34

かし。かう人のほど知らぬ奴輩《やつばら》は後の世には犬鳥ともこそ生まれめ、など腹立ちいふも、わがためにはいと嬉しうて行きて乗るに、志はしつれど夕餉《ゆふげ》のさまなどあやしげなり。されど誠心《まごころ》に見許していささか箸《はし》立つ。寝所もやがてそこにて、ぎたぎたなる板敷の上に藁莚《わらむしろ》唯一重《ひとへ》なれば、*十符《とふ》の菅菰《すがごも》には劣りなんかし。されど三ふにぬるてふ人だにあらねばなど舟子等と戯れつつ苫《とま》引きおほひてぬ。

雲水の　行くへ定めぬ　われながら　波の浮き寝は　わびしかりけり

○九日は空晴れぬればとく出でしに、大山に越ゆる間《あはひ》の山路にはかに霧りふたがりて足の踏みども見えず。峠《たむけ》にのぼりてそこら見渡せば、ただ海中《うななか》に独り立てる心地していと心細し。

夏ながら　潮気にくもる　磯山は　秋霧わくる　心地こそすれ

大山の里も過ぎて巳《み》(1)の時ばかりに鶴が岡に着きて宿りす。早う聞き置きてし(2)岩田の黒躬《くろみ》てふは、ここの雅男《みやびを》なれば、その日やがて訪ふとて、

(1) 午前十時。
(2) 鶴岡藩士。

月花の　たよりにもがと　鶴《たづ》がすむ　こ高き松の　かげをこそ訪へ

黒躬返しす。

君がいふ　松のかげとは　わが未だ　訪はれぬさきの　名にこそありけれ

そこに萩のとく咲きしを、主《あるじ》ほこりて歌よめといひければ詠める。

秋待たで　匂ふ小萩の　白露に　風のぬるさも　忘られにけり

歌のやうにもあらぬ事どもをさへ書いつけ置く翁かなと人笑ふめれど、これ人に見すべきにもあらず、おのが後の思ひ出にとてものするわざにしあなれば、悪しとて漏らさざらめやは。そのかみ酔ひて帰らんとするを、今暫しとてあながちに止めて、宿はいぶせく酒は淡く肴物は疎《おろそ》かに侍れば、ことわりにはあむなれど、いづくも同じ旅なるを、さな厭《いと》ひ給ひそなど恨みければ、けしきをとりて客人《まろうど》、

さざれ石の　なれる岩田の　家なれば　万代ふとも　わがあかめやも

といふに主《あるじ》けしき悪しからず。

○十日の日は谷口の御風を訪ひしかど、ありぎいて(1)たがひにたればほいなくて止みぬ。

○十一日　巳《み》の時より俄に思ひ立ちて羽黒山(1)*に詣づ。聞きしにも過ぎて道のほどいと遠く、からうじて行き至りても御社まではなほ十八丁、胸つくばかりの階段《きだはし》を登るに、苦しとは世の常、ただに死ぬべう覚え、御社を拝みまつるに、いづこもいづこも力の限り造り磨かせたりとは見ゆるものから、みな仏ざまにて清く潔きかたのおはさぬぞいとくちをしきや。御山の中は霧りふたがりて日もやや暮れぬべう覚ゆ。知らぬ世界に友とする人だになければ、帰り路いと恐しうて、足のたへがたきも忘れてただ走りに走りつつ戌《いぬ》の時にもとの宿りに帰り着きぬ。

○十二日は谷口の御風が家に岩田の黒躬・建部の山彦など、もろともに集《つど》ひて夏月を詠むに、

山彦

夏暮れし　里はなけれど　秋風は　月のかげより　吹きや初むらむ

---

(1) 外出して行き違いになり、留守。

㊱ (1) 祓川を渡って羽黒山の出羽神社があり、東北第一の霊場として知られている。

黒躬

旅人も　見つつとどまる　夏の夜を　まだき過ぎ行く*　月やなになり

由之

夏の日の　暮るる待つまは　遥けくて　心短かき　夜半の月かも

そのかみ酒酣《たけなは》になりて主《あるじ》のは忘れつ。

○十三日は岩田の後苑に集まりて萩の初花もてはやせり。

秋の色を　まだき見よとや　夕露に　夏かけて咲く　はぎの初花

ひもとかむ　秋野の花は　夏かけて　萩よりぞまづ　あらはれにける

人々の皆よしと聞き、はたその夜は月光院てふ若法師もまじれれじ。それまだ初学《うひまなび》なれどおかしき筋見せしかば心にはめでしを、酔のすすみに皆忘れたり。歌は心にも入れで酒急《さか》ぎのみすとて憎む人もあるべけれど、大伴*のまへつきみ*も酒飲まぬ人をよく見れば猿にかも似るなど、十三首まで酒讃《ほ》むる歌に詠みまししにはあらずや。人は知らず、己《おのれ》は酒なくば歌よみて何にかはせん。人々も

みな一物なれば、夜更くるまで飲みて帰らむとする時ひきとどめて、あるじ

錦なす　萩はわが物　見もはてで　たたむとすとも　何ゆるすべき

おのれ人々に代わりて返す。

許さずば　散らぬかぎりは　旅寝せむ　ふすまに萩の　錦かさねて

○十四日　明日は酒田に下らむとする名残惜しみ、うまのはなむけせむとて、こたみは山彦が家に集《つど》ふ。人々は申《さる》(2)の時下る頃としたり。おのれする業《わざ》もあらねば、朝《あした》より行きてつれづれなれば、異人《ことひと》を思ふて六帖題*を出して主《あるじ》とともに詠む。

われに疎《うと》き　人のねたさに　うき人の　思はん人も　思はざらなん　主《あるじ》

この題、我を思ふべき人の我を思はで異人を思ふてふ意《こころ》にや、又は我が思ふべき人をば思はで異人を思ふてふ意にや、本もなく歌も覚えねば、おのれは二《ふた》

(1)　送別会。
(2)　午後五時。

38

方《かた》に詠みつ、その歌、

物思ひも　われ故ならぬ　心とは　知りつつぞなほ　哀れとは見る

我ならぬ　人に心を　玉(1)だすき　かくとも知らで　頼みつるかな

目なれては　宿の常夏《とこなつ》　色はあせて　野べの小草ぞ　恋しかりける

宿のつまに　生ふる忘草　種を問へば　こと人思ふ　心なりけり

人々集ひてはすなはち酒になれど、ただならんもひ(2)とわろく、はた暑さも堪へねば、夕立を詠まんとするに、まづおのれ

照りつめし　空をば空と　置きながら　麓涼しき　峯の夕立

遠方に　とどろきそむる　鳴神も　待たるるほどの　夏の空かな

---

(1) 掛くの枕詞。

(2) ていさいが悪い。

草の上の　露をかたみと　置きながら　過ぎてつれなき　夕立の空(3)

人々のは例の忘れつ。鳥の声も頻りに催し顔なれば、名残は尽きせじとて料紙取りて書いつけて出す。その詞にいはく

宵々に会ひ、朝々《あした》に別るるは雲水の身の習ひなるを、今宵の常に異るは、御志どものおろかなる気なるべし。

過ぎにてし　方をば知らず　別れ路の　歎きは今日を　限りとぞ思ふ

返し　　　　御風

ことならば　面影ながら　率《ゐ》てを行け　ただはあやなく(1)**　恋しかるべみ**

とて酔ひ泣きして別れぬ。

○十五日は川舟に乗りて下る。この頃照り続きし空の今日は殊に晴れわたりて雲に似たるものなく、東より坤《(2)ひつじさる》をかけて月山・湯殿山・金峯・鞍懸心残りせし温海岳も遥かに見え、北には鳥海*聳え立てり。かれのみ雲のかかれるは、せめて高きけにやあらんといふを、この国人も乗り合ひけるがいひけらく「かれ

---

(3)　そ知らぬ顔をしている。

39

(1)　おもしろくない。

(2)　南西。

は雲にはあらで煙になむ侍る。常はかからぬ山の、時としてかう燃ゆなり。これ燃ゆれば必ず善きことなしとて皆歎きはべる」と、危ふげにいふを、かつ弄しかつはかなみて、

鳥の海の　山に煙の　たたざらば　出羽《いでは》の人は　千世も経むとや

おろかにもこそといふを、己が上ならねばとてあいなくも言ひけつるかなと憎む人もあるべし。夕暮に舟はてて、去年《こぞ》よりの契りあれば佐々木の嵩重《たかしげ》が家に至りぬ。上のくだり鶴が岡の条は、ここに来着きて後記すに、忘れし事多し。

○十六日の夕つがた暑さも堪へねば端居《はしゐ》して、(3)つぼ前栽《せんざい》を眺め出してつれづれと思へば、浮きたる身にもあるかな、この年頃は所定めず、去年越前にあるかとすれば今年はまたこの出羽にさすらふ。静かなる山住をもせで、かう世にまじらふは、学もなく智もなき身ながらも、詮《せん》は名を貪《むさぼ》る心のえ捨て難きなるべし。これを譬《たと》へば、手の長きをたのむ猿《ましら》が、計りなき月を取らむと構ふるに似たり。もし千々に一つも取り得たればとて、死にうせん後は何の益《やく》かあらんなど思ひ屈《く》したる折しも、まさ木の葉と雞冠木《かへで》の枝に白糸はへわたしつつ己が身の程にも似ぬ巧なる蜘蛛《くも》の営みを見るにも、あへなき世の有様を思ひて、

40

(3) 中庭。

夕暮に　巣《す》かくる蜘蛛《くも》の　おこなひも　風吹かぬまの　頼みなりけり

○十九日　文錦堂(1)*に人々集まりて、寄埋恋てふことを詠むに、

***しかすがに　いなとも言はじ　最上川　底の埋木　あらはればいかに**

○二十一日　清章(2)が家に夏の風といふ意《こころ》を

松蔭に　いこはざりせば　夏の日の　風をば何に　そひて聞かまし

篠の家も　今ぞ嬉しき　夏ながら　風おとづれぬ　時しなければ

嵩重《たかしげ》が家の楼に登りて、

これの楼よ、巽《(3)たつみ》より坤《(4)ひつじさる》かけて幾十《いくそ》の山川連り流れていとおかしき中に、いなにはあらずと詠めりし最上川に、久方の名に負ふ高嶺の影映し見る夕暮のあはれに増すもの何かはあらむとて、すなはちここに筆を留《とど》む。

（1）本名。白崎善治郎。彫刻師、最上川の埋木細工をなす。風雅の人。

（2）釈公厳の父維章ではないか。庵号を清思観という。

（3）南東。

（4）南北。

41

最上川　夜をかけて下す　*いな船は　積みても軽き　月の山影

○二十四日　(1)*魯道禅師のもとにて人々に詠ませしついでに詠める。

深夜蛍　夕顔　夏のはて

夏虫の　名にこそたてれ　更くる夜の　影は涼しき　ものにぞありける

更くる夜に　浮かれし玉と　見えつるは　人待つ宿の　蛍なりけり

*山がつが　*伏屋《ふせや》の軒も　過ぎうきは　(2)かはたれ時の　夕顔の花

くちをしき　契りにはあれど　賎《しず》が家の　光を見する　花の夕顔

今日もなほ　夏の日数の　夕暮に　まだき秋なる　風の音かな

天の原　照る日の影は　変らねど　*禊《みそぎ》に夏の　はてをこそ知れ

---

(1)　青原寺の名僧、和歌をよくした。

(2)　うす暗くて顔がはっきり見分けのつかない時、早朝に多く用いたが、ここは夕方、たそがれ時と同じ。

同じ時蔦《つた》の細道の絵写《かた》せし文台の裏書。

これに物書きてよと主《あるじ》の禅師ののたまへるは、己れ老いたれば歌の心も得たらむとてなるべけれど、そはむく犬率《ゐ》せし嘲《あざけり》も得たまはんと主《ぬし》の御為恐り思ふものから、*いなびまゐらせむもなかなかに、*人々しくもやとてなむ。

老いぬれば　心のつたも　茂りあひて　分けこそわぶれ　宇*津の山道

この朝《あした》(1)文錦堂に物語して、折々大路ものさわがしきを見れば、亡き人送るなりけり。

誰としも　ぬしは知らねど　あ*だし野の　門出《かどで》を見れば　まづぞ露けき

鶴が岡の人々のもとへ便りあらばとて文書きて奥に、

夏草を　かりそめがてら　会ひ見しを　やがて忍ぶの　たねとこそなれ

○二十四日　於(2)青原寺出題、同二十七日詠出、

42

(1)　本名は白崎善治郎といい、彫刻師。最上川の埋木細工をした。門人が碑を正徳寺に建ててある。

(2)　魯道禅師の寺。

春夜

唐猫*の　尾と春の夜は　あやにくに　短くてこそ　めでたかりけれ

月影に　友呼びたてて　行く雁の　声もおぼろに　かすむ春の夜

夏暁

蚊遣火《かやりび》の　煙も未だ　尽きなくに　はや隙《ひま》白む　夏の夜の空

夏ながら　袂涼しき　笹の葉の　暁露に　あらしそよげば

秋朝

よどのなる　尾花がもとの　をみなへし　朝今さらに　ひもとくやなぞ

悲しさは　秋のならひの　朝露を　夕暮とのみ　思ひけるかな

冬夕

待つ人も　来ぬ冬の日の　山里に　ねぐら求むと　からす鳴くなり

千鳥なく　*佐保の川べの　冬枯も　夕はことに　さびしかりけり

久恋

なりもせぬ　秋のこのみを　頼みにて　恋こそわたれ　*くづをるるまで

わが恋も　*神さびにけり　いそのかみ(1)　ふるのしめ縄　引く人なしに

これこそ村雨《さめ》うちそそぐこと折々に、施す風は夜昼騒がしう明けて、旅の思いとどやるかたなくつれづれと眺め出して、来し方行く末思ひ続くるに、親は一所だにおはせず、多くのはらからも残少なにうせ、女子《めこ》友達従者《ずさ》また秋風を恨みてそむきし野辺のをみなへし、あるはしのびて語らひし山がつ、垣根のなでしこ、そならぬ(2)*おほよそ人も、すべて数ふれば十人に七八人は亡き人となり、

43

(1)　古、ふるの枕詞。

(2)　そうでない。

家は昔に変りて衰へはて、我は所定めずさすらひながら、さすがに命の(3)つれなきもまたいつまでの頼みかあらんなど思ひつらぬるにいと悲しうて、

数ふれば　亡き人のみと　なりにけり　我も千年は　いまだ経《へ》なくに

これは二十九日なり。

◇島の記

例のものゆかしき癖おこりて、飛島見むとて船便《ふなだより》契りつつ待つに、この頃いかなればにや西南の風のみ吹きて北は更に吹かず。空もまた晴るる日なく、たまさかにも陽《ひ》のめ見るかとすれば、(1)鳥海の雲(2)すなはち雨と降りて、五日六日《いつかむゆか》よき日なし。からうじて一日《ついたち》の夜中ばかり最上川を乗り出すに、もとより月なき頃なれば遠近《をちこち》も見ず、ただ楫《かじ》にあたる波音のみ聞こえて、いづこをはかりとも知らねど、(3)とく行かしと思ふ心にひかれて恐ろしうも思はず。ふけ行くままに露の多く袖に置きたるを見て、

（3）あいにくじょうぶだ。

44　飛島は鳥海山の西方にあり、吹浦より約三十キロの海上にある。
（1）鳥海山に出る雲。
（2）たちまち。
（3）早く行きたい。

わが上に　置くなる露は　七夕《たなばた》の　妻待ちわぶる　涙なるらし

かくて十里ばかりも走りし頃、空やうやう白みわたりて、東には鳥海山聳え立ち、(4)乾《いぬゐ》には飛島波の上に浮かびて、あさげの眺いひつくすべうもあらず。さるはただ一握ばかりの土くれと見えしを、なお三里ばかり馳せつつ寄せて見れば、北南かけて一里もありぬべく、西東《ひむがし》は五丁あるは十丁もやあらん。ここにしも世をつくす人いかに処狭からむとおしはからる。されどさ思はば誰人かは住みもはじめむ。宮も藁《わら》屋もはてしなければ、馴れてはさしもあらぬにやあらむ。村は法木・中村・数浦と三村、屋は百五六十戸もありとなんいふ。法木、何によりて名づけしにか。中村は事もあらず。数浦はもと勝浦なるを、この国すべて音濁れるは、かつをかづと濁れるを、文字にもやがて数と書きなししにやあらん。さてその中村にあがりて齋藤の某が家に宿る。舟のはてしは(1)辰《たつ》の時のかしらなれば、この日やがて離島の岩屋見んとて、また舟に乗りて行く。ここを*爵の島とぞいふなる。かう名づけしは、人の爵もてうづくまりたる姿したればなるべし。本島よりは二十町も(2)へなりて、周りは凡そ十丁にも余りぬべく、高さ二十丈なりと島人はいへど、さまではいかでかと見ゆ。波静かなる方に舟よせて、蟹がなす横さまにはひもとほりつつ行くに危き物にも似ず。見下せば

---

(4)　北西。

45

(1)　午前八時。

(2)　隔たる。

千尋《ちひろ》の海にて、波は足もとまでうちかくるに、目くるめきながらからうじて穴に入りて見れば、水の滴り落つる岩角は龍《たつ》のわだかまれる如くにて、瑠璃《るり》に光るは*そびらと見え、瑠璃色なるは腹と見なされ、石の肌《はだへ》みな鱗形《うろこ》にて麗《うる》はしうもまた気味悪《わろ》くも見ゆ。まこと海竜王の下館《やかた》ともこそいふべかめれ。内にはくぼかなる溜り大なるも小さきもその数ありて、あるは潮《うしほ》、あるは清水にて、*汀《みぎは》はすべて瑪瑙のふくりかけしと見ゆ。島人等はくすしき事語り聞かすれど、いづちもいづちも我が方ざまを厳《いか》しうもくすしうも言ひ誇り、かつ直くます神の御心をさへふくつけきさまに言ひなして物得んと構ふるは、下司《げす》の習ひなれば、あながちに聞きもとがめず。

　このほとりに上島・御倉西の島・烏島など数多き群り立てり。皆三四丈あるは五七丈ばかりの巌《いはほ》にて島といふべきにもあらねど、かく飛び飛びにあれば、すべて飛島ともいひ、また六帖に別れの島と詠めるは、本《もと》つ島より別れしこれの小島どもなるべく、一本に津軽の島とあるは連《つらな》れるより言ひて、その世には二方《ふたかた》に言へりしにこそあらめ。かくて何の目とまるべきにもあらねど、黒き岩に白き波のうちかけうちかけするは戯《たは》れ島ならねど、これも波の濡衣いくよ着つらんと思ふにいとおかし。中村に帰り陸《くぬが》の方を見やれば、鳥海は物よりことに聳えてたけたちこそ限りあれば富士に少しは劣りもせめ、形はいとよう似て、

46

雲の晴れ掩《おほ》ふにつれて変わりゆく山の姿などはまさりざまにもやあらむ。

今ぞ知る　はかなき風の　心なる　雲もて山を　たたむものとは

もろともに渡り来《こ》し人々、ここには羽もなきをなど飛島とは言ふらむなどい(1)ひしらふを聞きて、

鳥の海に　ただに向ひし　島なれば　うべも飛ぶてふ　名をば負ひけん

また、月山を見やりて、

月の山(1)　曇りなければ　うち寄する　波にも秋の　色は見えけり

かくいふほどに風起り雨降り来ぬれば皆入りてぬ。これは七月《ふ》二日《つき》なり。

○三日の日も昨日の名残なほ止まねば下*ろしこめてわびをりしに、昼過ぐる頃より北風細う吹きて雨も止み雲も少しはれわたりて、日の暮れ方に釣船ども漕ぎつれて出づるを見れば、大海も所せきまで見ゆ。かれは何する舟ぞと問へば、いか釣るなりといふに、

---

(1)　言い合う。

47

(1)　月山をいう。

烏賊《いか》釣ると　夕暮待ちて　漕ぎて出づる　舟路は闇も　さはらざるらん

されど今年はいかのさち(2)なしとて、みな宵のまに帰りて腹立ちをるものか。

○四日も南風吹き雲厚う掩ひて、四方《よも》を見さくれど、この小島の外にまた世界も見えねば、心細しとは世の常、何に渡りつらんとくやしきに、心もとなき島人扇を出して物書けといへば、腹立ち腹立ち取りて書いつけし。

忘草　花のかぎりを　過ぎしかば　言の葉さへぞ　忘られにける(3)

かう言へるは、この島、菜の類《たぐひ》なければ、*萱草《わすれぐさ》の花を塩におして朝夕《あしたゆふべ》に食はせしげにや、始め渡らんとせし折、酒田のつとによき歌詠み、*詞きよげに書いつけてなど思ひしも、さらに出で来ぬが腹立たしさになりけり。されど憂はしさの忘られぬもまたあやしうなん。その言の葉もいかでか出で来ん。昼は蠅ども群りて硯にも入り、濡れたる足して登るも居、用意せねば口へも飛び入りなどし、暮るれば蚊その数名のり集まりて攻めさすに、扇放つべうもあらねば、いつの間にかは歌なども思ひあへむ。かく言へるを島人聞かば、殊更に悪しざまなることども作り出でて言ふとて憎みもすべけれど、何を仇《あだ》とて偽《いつはり》をも言は

(2)　獲物。

(3)　「行方知られぬ」と訂正しあり。

48

ん。この外にもいと堪へがたきこと多かれど、聞く人、物をさへ突き散らさんと思へば止めつ。

○五日も雨風激しうて船出のことは思ひ絶えつつ、黒うすさまじげなる空をのみまもるに、罪なくて*配所の月を見ばやと言へりし人はかかる所をば知らで、ただ京の片田舎などを思ひて言へるならん。ここには朔日《ついたち》より晦日《つごもり》まで。夜昼月照らせばとて片時住まるべきかはなど思ひをるほどに、夕かけて雨風止みぬれば、心やりにとて主人伴《あるじともな》ひて法木の氏族のもとに行く。ここは北面《おもて》なるが草木の色もなごやかに、海人《あま》の形もいささか人近き心地すれば一夜《ひとよ》宿れり。この日村の(1)産土《うぶすな》の御社に詣《ま》でて詠める。

沖つ洲《す》に　御魂しづもり　浪路行く　舟の憂ささへ　守ります神

こは筑紫の宇佐にます三柱の御魂を遷《うつ》しまつれると聞けばいと尊く、かつ帰るさの船路も*うちつけに頼みある心地す。

○六日は船出すべしと言へば、嬉しきに物も覚えず。中村に帰りて待つに時移れども船も見えず。かくするほどに雨も降り来ぬれば、今日もまた不用なりと思ふ時に、酒田にはあらねど六里北なる福浦(1)に帰る船今ただ今出づなりと言ふ

(1) 遠賀美神社。

49

(1) 吹浦をいう。

を聞きて、いづちにまれとく(2)地方《ちがた》へと心急げば、雨に濡れ濡れ乗りて出づるに、港漕ぎ離るる頃空晴れて、追風《おひて》吹きて(3)申《さる》の時ばかりに福浦に着きぬ。

今日多くの船ども船装《ふなよそひ》して待てどみなえ出でぬを、わが乗りしのみ雨を凌ぎて出でたれど事なくはてしは、*法木の大神の大御恵なりけりと尊くも嬉しうもあるに、また空かき曇りぬれば、七夕の逢ふ瀬いかならんと(4)心もとなくて、

彦星よ　ただ路をのみと　思はずは　天の河原は　今日渡(5)りなん

物をと思ひをり。(6)つとめては雨頻りに降れど、かの萱草《わすれ》の名残に心地もそこねぬれば、とく酒田へとて馬に乗り、六里浜過ぐるに、青塚より雨はれて(7)未《ひつじ》の時に着きぬ。されど苦しうて棚機《たなばた》に手向くる歌も詠まず。

○八日もうち臥し暮らして、九日の朝《あした》思ひ出るままに、上《かみ》のくだりども書いつく。ただその折のありし事ども忘れじとてなり。

○十日の朝、最上川を吹き越す暴風《あらし》に向ひて、

棚機《たなばた》の　逢ふ瀬も過ぎし　朝風に　袂涼しき　時は来にけり

---

(2) 海から陸をさしていう。
(3) 午後四時。
(4) 不安で。
(5) 渡ってもらいたい。
(6) 翌朝。
(7) 午後二時。

50

観月庵の軒の側《かたはら》に露草いと多かりしを、主人《あるじ》なき間に清めする奴《やっこ》らが、心もなく皆引抜きて捨てしを惜しみて、

露と呼ぶ　はかなきおのが　名にあひて　根もつき草と(1)*　なりにけるかな

同じ庵《いほり》の垣ほに咲ける朝顔のいとうるはしきを見るにも、世のはかなきことを思ひて、

朝顔の　去年《こぞ》に変らぬ　色見れば　花より人ぞ　はかなかりける

これらは十二日の朝《あした》のなり。

小町(2)の形《かた》かける絵を見ていへる詞

このおもとは言の葉は万代《よろづよ》の末が末まで人の口の端に留まるべく、姿かたちは千年の後なる今の世の翁が心をさへにただならしめぬよ。

うたた寝の　夢にも君に　見えてまし　恋しき人の　数ならぬ身も

---

(1)　露草は月草とも呼ばれる。根が尽きると月草とを掛詞にした。

(2)　小野小町。

十三日述懐

故郷《ふるさと》を　玉ならばこそ　行きて見め　うつせみのみぞ　今日もかひなき

これ(1)日本魂《やまとだましひ》ならずとて人あはむることなかれ。雅業《みやびわざ》には童《わらはべ》らが詠むにつけて、やがて真心を述ぶる常の習ひなりかし。

今朝はとく起き出て一つ葉の傾ぶきたるを起し立て、朽ちたるをば取り捨て、そこらかき掃はせ水うたせなどして見るに、いと涼しう心もすがすがしかりければ詠める。

一つ葉と　名にこそ立てれ　茂りたる　蔭は涼しき　物にぞありける

これらは十四日なり。

女どもの清水のもとに立ち寄りながらとく帰るを惜しみて、

なほざりに　むすびて帰る　*たをやめの　影だにとめよ　宿の真清水

久しう嵩重が家にありしを、観月庵に移りて後、四日五日過ぎてかりそめに

51

(1) 仏教思想を詠んだのでいう。

行きて見ければ、庭の木どもの枝にも葉にも蜘蛛の巣多くかかりけるを詠める。

かれにしは　一夜二夜を　*ささがにの　所得顔《ところえ》に　見ゆる宿かな

*鉢叩《はちたたき》てふ物かける絵に歌詠みてよと人の言へりければ、許由(1)*の心を思ひてと端書《はしがき》して、

命にも　かけてひさごを　頼むかな　うしとて捨てし　人もある世を

同じ時庭に木の葉あらせじとて拾ひて垣の外に捨(2)つるすなはち散り来ければ、

手もせまに　拾ふ木の葉の　尽きせぬは　よを秋風や　空にたつらん

童女《わらはめ》のかける墨がきの梅に、

時ならば　匂ひを散らす　梅が枝は　筆にふふめる　花の色かも

52

(1) 帝堯の時の高士。山に隠れ住み、ただ一つのひさごを持っていたが、風が吹いてひさごが鳴ってうるさいからと、これも捨てたという。

(2) 捨てたかと思うと忽ち散って来たので。

これは文錦堂にてなり。その夜、白崎(3)の正が家にて荻《をぎ》告秋といふことを、

吹く風は　同じみ空を　通へども　秋をば荻《をぎ》の　上葉にぞ知る

朝顔にまじりて咲ける月草の花を見て、

朝顔の　同じ色なる　月草は　有明かけて　咲きはじめけむ

○二十三日の暑さいと堪へがたきに、待ち待ちし夕立の*さと降り来ければ、

よられてし　草葉よりけに　嬉しきは　日影に弱る　老ぞまされる

つれづれ慰めんとて、(1)*近世畸《き》人伝てふ冊子を見しに、撰者の評論みな当らぬものから、さすがに物知り顔なれば、事よくたどらぬ人のためには惑ひともなるべきを憤《いきどほ》る折しも、観月庵の池の鯉鮒の踊り遊ぶを見て詠める。

浮き沈む　魚《いを》の心を　誰知りて　楽しと定め　苦しとかせん

---

(3) 白崎家の子孫で、酒田の名家、はじめ青原寺の金竜和尚に学び、のち米沢の神保蘭室に学び、和歌にすぐれていた。

53

(1) 伴蒿蹊の著、五巻。儒者・国学者・歌人・俳人・孝子・烈婦などの伝を記したもので広く読まれた。

○二十九日　この頃曇りがちなる空の今朝はいとよう晴れわたりて、机のもとにさし来る日影をいとひながらかつ思ふに、この光の消えゆくをこそ誰も惜しむべかめれ。仮にても厭《いと》ふべき事かはと驚きて、

さらでだに　とく行くものを　天つ日の　光をいとふ　今日にもあるかな

○八月の始めつかた、俄《には》かに心地そこなひて死ぬべく思ひければ、

世の中に　忍ばるべくは　あらぬ身も　惜しきは人の　命なりけり

○十五夜に更くるまで碁うちて、その人帰りて後、月を見て詠める。

斧《おの》の柄《え》も　朽ちてし後の　月影を　幾十《いくそ》めぐりの　秋の今宵《こよひ》ぞ

○十六日　風騒がしう、うちつけにものあはれなりければ、

吹く風に　心はあらしを　今日と言へば　秋過ぎにける　荻の音かな

○十七日　(1)*鵜渡河原《うとがはら》にうつり、十一日鶴が岡の便りを聞きて、谷口の躬風が災《わざはひ》にあひて死にきと聞くに、いといたう驚きながら静かに思へば、今年の夏の初めに詠みしとて、

心から　山には住まで　ほととぎす　世をうの花の　蔭に鳴くらん

という歌をさいつ頃語り聞かせしも、おのづから此のさがにこそあらざれば、何事もえのがるまじきわざにやと思ふものから、せめては、

奥山の　高嶺の月と　すみはてば　世をうき雲の　かからましやは

と思ふも今は何のかひかはあらん。

鶴が岡の便りにつけて建部山彦・岩田黒躬へ遣せし文

秋風もやや肌寒く覚え侍れば、旅ならぬ君達もさすがに物哀れには思すらんかし。ここにはまいて解洗衣のたつきもなく、いとど御許のことなど思ひ出まゐらするに、此頃夢のやうなるおとづれの風のたよりに聞え来しは現《うつつ》とも覚え

（1）酒田市の東南に続き、もとは鵜殿河原村といい、今は鵜川という。

55

ねど、さすがに覚えもえやらねば、いとせめて若しは人違《たがひ》にやとかへさひ問ひ聞くに、定かなる事のさまは聞えずながら、いく度もその人の名の変らぬにてやうやう今はと思ひ定むるにつけても、如何なる事の故由にか、又はただに(1)逸早人《いつはやびと》の物欲しうする(2)ひたぶる心よりせしわざか、いづれはほのかにも御心当りはさぶらふや。悲しきなどは世の常、いと口惜しうもはべるかな。近きほどはうち連れだちて旅寝の宿りをも訪ひおはしなんと、建部ぬしの御返事《かへりごと》の後は立居待ちまゐらせしかひもなく、今は彼のぬしの後の御業はさるものにて、吾《あ》子《こ》の行方(3)あなぐり給ふらん。御心どものなほざりならじと思ふには待ちまゐらする心もたゆみてなむ。さては十七日の夕つ方この(4)およづれをうち聞くすなはち書いつけしあやしき言の葉をば亡きかげの御魂に捧げ給ひてよ。この驚きに尋常のくだくだしき事どもは申しもあへず。そは又の便りにもこそ、はたこたび文あとらひし人は、明日とく帰りなんとすれば、もの騒がしうはおはすとも事のあらましつばらかに書いつけて、今宵のうちに(5)鳥井河原の(6)朝田嘉夫の家まで出し給へ。この十六日より今に鵜渡河原の青原寺にこもり居侍れば、世の中の(7)いなせも聞こえ来ず。ただおぼつかなくのみ明かし暮らし侍るなり。ちなみに申し入れ侍る、かのぬしの亡き魂和《なご》むる歌とて

魯道大徳《とこ》

---

(1) 気早な人。
(2) いちずな心。
(3) さがす。
(4) 人を迷わす怪しいことば。
(5) 鶴岡市鳥居川原、荒町の東方にある。
(6) 鶴岡藩士であろうが不明。
(7) 不承知と承知。

56

亡き魂よ　あやなく恨み　さらずとも　人やふる人　いかで生くべき

同じ心ばへを

さらずとて　つひに落つべき　紅葉ばも　風吹けばこそ　人は惜しまめ

なお後にもあなかしこ。これは二十二日なり。

入り立つ秋の夕暮は、ただにももの哀れなる習ひなるを、旅の空にて聞く入*相の鐘には、いとど故郷思ひ出られて、

海山は　千重《ちへ》隔つれど　家路にも　この入相の　鐘は聞くらむ

入相の　鐘は聞くやと　言問はん　家路に通へ　袖の浦風

風早き　今宵の空は　名にも似ず　いさよふまなき　月の影かな

これらは十六日なり。

旅宿虫

草枕　旅にしあれば　鳴く虫の　名もあやなきを　(1)つづりさせてふ

鳴くもうし　鳴かぬもさびし　草枕　露けき旅の　夜半の虫の音

名所月

ここもまた　慰むべくは　なかりけり　須磨の関屋の　有明の月

葛城《かつらぎ》の　*久米路《くめぢ》の橋は　秋の夜も　渡しやはてぬ　有明の月

月前虫

露寒み　妻待ちがてに　鳴く虫の　床あらはなる　月の影かな

松虫の　声する方を　とりわきて　われかと宿る　草の上の月

---

(1)　衣を継ぎ合わせる。こほろぎの鳴き声をいう。

57

これは佐藤正明(1)が家にてなり。

菊の絵かける扇に

白菊の　葉におく露の　影とめて　月も千年の　秋やすむらむ

卯月望《うづきもち》(2)の頃、出てそこら浮かれ歩《あり》くに、程もなく今は葉月のつごもりなれば、庭の木の葉は雨と降りて、袖の秋風いと冷やかなるに驚きながら、さらに故郷思ひ出て、

白妙《しろたへ》の　袖たちかへて　出でしより　木の葉降るまで　家路忘れつ

月を見て

いつしかと　空も半ばの　秋過ぎて　有明の月の　影を見るかな

扇に嵐山の桜・賀茂の葵・高雄の紅葉・八瀬の忍草・井出の山吹、五種《くさ》を張りこめしに、

嵐山の桜

（1）酒田藩の足軽、武芸の達人で文学にもすぐれ、和歌をよくし、口に筆をくわえて揮毫もした。

（2）四月十五日。

嵐山　花の盛りを　見しことも　思へば春の　ひとときの夢

神山の葵

祈りつつ　賀茂*の二葉は　かざしても　あふひ(1)はかたき　物にぞありける

高雄紅葉

名にしおふ　高雄の嶺の　もみぢ葉も　はては麓の　あくた*なりけり

八瀬の忍

恋すれば　この身はやせ(2)の　里にうる　忍ぶの草の　忍びはてめや

井手の山吹

山城の　井手の山吹　散りはてて　末葉に残る　露だにもなし

この歌は、この衰へを憤《いきどほ》りてなり。

いと静かなる日、木の葉のほろほろと落つるを見て、

風吹かで　落つる木の葉を　見る時ぞ　世のうきふしも　慰《なぐさ》まれける

薄《すすき》多くかきて月出したる、

58

(1) 葵《あふひ》に逢《あ》ふ日を掛けた。

(2) 痩《や》せに八瀬を掛けた。

言へばえに　言はねばあかぬ　武蔵野《むさしの》の　尾花が末に　かかる月影

故郷へふみ書きて、奥に、

故郷を　思ふ心は　かりがねに　言《こと》づてやりき　声は聞きつや

八月つごもりに、桜の返り花を見て、

今年より　桜見そめし　かりがねは　春も常世《とこよ》に　いかで帰らむ

萩の花多く咲かせて月出せる絵、

秋萩の　散るを惜しとや　照る月も　葉末の露に　影宿すらし

◇滝見の日記

いぬる八月より思ひ立ちて、九月二日魯道大徳《とこ》と共に*増田の滝見にとて出で立つ。そのかみ山路の粧《よそほひ》などして卯《う》の時より辰《たつ》下るまで待つに、大徳見えざりければ、かく言ひやりし、

---

59 玉簾《たまだれ》滝は、酒田の東北約二十四キロの升田《ますだ》にある。酒田駅前より升田行バスで約一時間三十分、終点より南へ約十分で着く。百メートル余の絶壁を流れ落ちる壮観はすばらしい。

心なき　ますらを待つと　名づけしは　久しきことの　故にぞありける

その日はかしこに事ありて遂に止みき。

三日は上寺《うはでら》の竈賢《かまかた》、それが弟の童《わらは》、大徳の伴侶寂湛《じゃくたん》坊、おのれと五人うち連れて、巳《み》の時になん出で立ちし。空は曇りながらさすがに降らず、風うちそよぎて、いとよき日なれば、菅の小笠も弱肩にうち掛けつつさうどき行く。山はまだ色も見えねど、田の面赤らみはてて賤《しづ》ども男も女もうちまじりつつ刈り乾すに驚かされて、花どものはと立ちながら、また人なき方に集まるを、童《わらべ》ども引板ひき鳴らすなど絵にぞかかまほしかりし。

秋田刈る　賤がいほりは　むなしくて　立つやかれひの　煙なるらむ

あしひきの　山の黄葉は　つきなくて　わさ田よりまづ　色づきにけり

寂湛

いかにせん　目には見れども　言の葉の　及ばぬ秋の　千々の眺望《ながめ》を

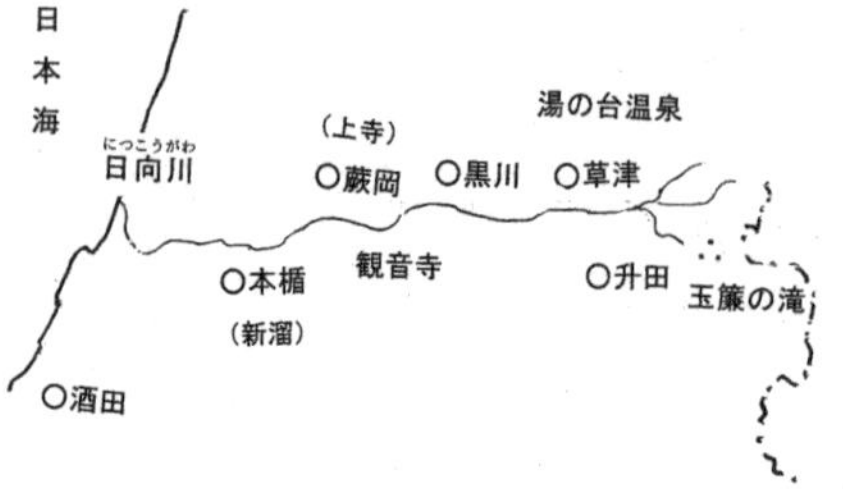

この人歌は今日を始めなれど、心に思ふ事を三十文字《みそもじ》あまり一文字《ひともじ》に連ぬれば、やがて歌になるも言魂《ことだま》の助くる大御国の習の尊きしるしなりけり。(1)新溜村《あらため》の*梵照寺は大徳の*法券なればとて立ち寄りて憩《いこ》ふに、長老喜びてひさげかはらけたづさへながら、葷《くん》は許さず酒山門に入るとうち戯れつつ飲ます。田舎とあなづりしにも似ずその酒いと清ければ、頻りに傾くるは鯉鮒の水飲むに似たりと、人笑ひつべし。その池にある蓮葉《はちす》に歌詠めと言へりければ、酔のまぎれにかくなん。

あざむかぬ　玉とこそ見れ　蓮葉の　露消えあへぬ　秋のならひは

魯　道

秋風に　吹き砕かるる　はちすばの　玉は朝おく　露にぞありける

大徳は下戸なれば酒には及ぶべうもあらねど、酔はぬけにや歌まされりと見ゆ。この夜*上寺の竈賢の家に宿りておのおの歌詠みけるに、さ夜ふけて麓の方に*碪《きぬた》の音の聞えしを詠める。

山里は　秋の哀れに　色そへて　更くるまにまに　衣うつ声

---

60 竈賢は太田竈賢といい上寺の富豪で和歌にすぐれた。上寺は、現在遊佐町の蕨岡である。

（1） 新田目とも書き、今の本楯村。

61

同じ時、心々を詠める。

秋の夜の　静けき頃の　山里を　もの寂しとや　虫の鳴くらん
魯　道

山里の　露に鳴くなる　虫の音は　聞くにもぬるる　わが袂かな
温　良

更くる夜の　麓のきぬた　音たえて　峯に残れる　こがらしの風
寂　湛

この世にてはこがらし止まざりぬらむかし。

鈴虫の　声ばかりなる　山里に　今宵まれなる　しらべをぞ聞く
竈　賢

返し記す。

とゝのはぬ　調《しらべ》ながらも　鈴虫に　そそのかされし　秋の夜声ぞ

などいひつつ酒のみて夜いたう更けぬれば、かうゆくりかにまでなりて夜を

更かすをば、従者《ずさ》たちもさそこ憎しと思はるらめなど色代《しきだい》(1)するを、*あがぬしたち、さな心置い給ひそとて、

主《あるじ》

62 **山里の　秋の夜ごとの　よの常は　虫の音《ね》ならで　おとづれもせず**

いとさうざうしきを、殊更に訪ひおはせしをぞ皆喜び侍りぬとて、また所につけたる(1)なりくだものをさへ取う出てもてなされしに、栗を取りて記す。

山里に　まとゐする夜の　落栗や　峯のあらしの　心なるらん

かくてその嵐もいといたう吹きまさりければ、

魯道

いかなれば　心にしみて　覚ゆらん　山のあらしに　色もあらじを

夜もことの外に更けぬれば、あくびうちして記す。

夢に待つ　人もなき身の　ねぶたきは　ただ秋の夜の　更けしなるべし

---

(1) あいさつ。

(1) 樹木になった果物をいう。

つ（2）とめては温良・竈賢先達して坊ども見巡《めぐ》りしに、北の坊の庭に松多く立てるを見て、

ときはなる　松のかぎりを　植うる宿は　いく万代《よろづよ》か　契りおくらん　　魯道

その松みな造（1）り木にていと苦しげなりとて、腹立ちて記せばよまずなりぬ。そこより峯に攀《よ》ぢのぼり、道いと苦しかれど登りはてては眺望いふべうもあらず。遥かに西を見さくれば、おぼつかなきほどに粟島見え、（2）乾《いぬゐ》には飛島青々として白波の上に浮かび、酒田の里は目の前に、それより東《ひむがし》の方はるばると続ける田の面は皆黄ばみて金売る地と見ゆるに、所々村里森々ども見渡さるるはなかなかに詞もえおよばねば、皆うめきのみして、こたみは南を廻りて下る。この道狭く嶮《けは》しくていと悪かりき。下り着ける処山本坊なれば、そこの庭を見るに、山もおのづからに水も清くて涌《わ》き出でたるいとよし。この家に波に日出せるかけぢ掛けたり。主《あるじ》いひけらく、こは此の国内《くぬち》なる亀田（3）の城守ります頭《から》殿のものし給ひしにて、家にも余りて崇《あが》め秘めおくものから、入日と見ゆるこそ心ゆかね。よに歌詠みする人来まさばと年月に*ねぎしかひありて今日ぞいと嬉しき。これ全《また》く*明王のさうしまゐらせ給ひしなり。*まうとたちの祈りにもなりな

（2）翌朝。

63

（1）庭木風に手を入れた木。

（2）北西。

（3）秋田県由利郡亀田町にあった、亀田城の城主岩城氏であろう。

△なごの海の　かすみのまより　眺むれば　入日をあらふ　沖つ白波。

ん。この入口を出る日に詠《よ》みなし給へ、といふも面持《おももち》したり顔にいとをこがまし。そもそも日は出づれば入り、入ればまた出て、かけまくもかしこかれど天津日継しろしめす神の御末のごと天地と共に限りもなきものを、あながちに何れを善し、何れを悪しとか定めん。△入日を洗ふ沖つ白浪とは(4)*後徳大寺殿のにて名高きをば誰悪しと言ひし。この絵も今の歌などによりてなるべけれど、田舎人《いなかうど》は心ゆるびなきものにて、かう(5)あふなあふな言ひ出でしを、けにくく否まんはた心苦しうもあれとて、三十一文字《みそひともじ》には連ねしものから、いとあやしう異様《ことやう》なりかし。

伊勢の海や　(1)*たふしの崎に　出る日は　富士の高嶺を　過ぎて来つらん　記者

二見潟　さし出る日に　白波も　うす紅に　色にほふらむ　魯道

入日を入日に詠まんすらわれらにはいと難きわざなるを、まいていかでかはよからん。矛《ほこ》もて招きし唐国《から》のそらごともただ暫し留めしとこそいへ、西を東に打返せしとやはいひし。かくて誠の日も波にこがる頃もとの宿になむ帰り

---

(4)　後徳大寺実定。

(5)　できるだけのことをして。

64

(1)　鳥羽港の海上にある答志島の黒岬、手首のように斗出しているので、手筋岬と呼ばれ、答志岬と書かれ、トーセと発音されている。万葉集巻一には、「釧着《くしろ》くたふしの崎に今もかも大宮人の玉藻刈るらむ」と詠まれている。

ぬ。今日の歩《あり》きいささかなれど、老の身はいと苦しうて、恋しれぬ下紐さへしどけなう解けて横折り臥せりながら、さすがにくだものいそぎす。今宵は人まろぬしの家の前栽《せんざい》に立ちしてふ柿の初なり出しかば取りてよへと、今宵十(2)一年や経《へ》にけらし。栗と柿との三年《みとせ》八年《やとせ》に戯《たは》ぶれしを、温良耳とく聞きとがめて、二夜さに十一年を君経なば、ここぞ大仙境と言はまし。竈賢が庵を大仙房といへればなりけり。更くるまにまに嵐かしましきまでに吹くを聞きて、もの寂しさにや堪へざりけん。

奥山の　嵐の音を　よの中の　もの憂きことに　かへてこそ聞け　　魯道

返し

世の憂さに　かへて嵐を　君は聞け　分くる山路に　袖は*ひづとも　　温良

○五日　ここを出て、増田へいなんとすとて、　　記者

千代ふとも　名残は尽きじ　世の中の　憂きをよそなる　秋の山里　　魯道

(2)　栗は植えて三年たつと実がなり、柿は八年たつと実がなる。両方合せると十一年になるという意。

音清き　嵐を袖に　つつみても　憂き世の中の　山つとにせむ

この日*猿田毘子《さるたひこ》の大神とたのみまゐらせしは、温良験者《げんざ》竃賢の弟《おと》八郎ぬしなり。この主若ければ先に進むに、己が健《すこ》やかなる脛《すね》に任せて猟師《かせき》の通ふ藪原をひき連れ行く。薄茨《すすきうばら》に切り裂かれて、足は紅に染み、汗は今見に行く増田の滝も及ばじと思ふまで流れ出るに、涙さへ添はりて苦しとは世の常、死ぬばかり覚ゆれど、老らくと人のあなづらむも口惜しうて、いかき心を振り起しつつ行くを、人々はさしもあらずやありけん。

秋の野に　にほふ千草の　色にめでて　知らぬ山路に　宿やからまし　　魯道

吹く風は　身に寒くしも　あらなくに　秋の花野の　散らまく惜しも　　温良

これより村道に出しかば少し心落ち居しを、かの若(1)猿田彦先《さるたひこさい》立ちてまた山路に入る。彼が知り置きし直路などにやと案内者《あないざ》なる温良すら思ひ頼みて登り行けば、困《こう》じながらしりりに立ちて遥々と行きつつ、既に峠《たむけ》に到り着きぬ。そのかみばより右左見さけつつ、あやしあやとかたぶきて行きもえやらねば、あらぬ

65

(1) 天孫降臨の時、道案内をした神で道案内者をいう。

66

道なりけりと皆知るに、いとくやしきこと言へばさらなり。行先遠く、日は傾きぬるを、*心なのさい(1)の神やと口口に腹立ち言はれて、彼の主《ぬし》(2)も面《おも》なきさまなるを、大徳《だいとこ》(3)うちそそめきて、よしよしこれもまた後の思ひ出ぐさなりと、かつは心苦しう、かつはせめてもの慰めに言ひしこそいとをかしかりしか。帰り下れば下黒川村なり。上黒川も程遠からず。そこには温良が知る人あなれば、とく行きて酒たうべんといふ。これより川辺の畔路伝ひ行く。苦しからぬにはあらねど、酒てふ文字に心慰みて記す。

八束穂《やつかほ》の　たり穂むなわけ　畔路ゆく　*豊葦原《とよあしはら》の　秋ぞたのしき

そこに暫し休らふ程日もいたうくだちぬると急がし立てられて出づ。増田の村近うなりていと危き柴橋ありけり。かねて聞きおきしにもまさりて恐しかれど、外に行くべき道しなければ、命を限りと目は塞ぎながら辛うじて渡りはてて、

記者

山河の　早瀬に渡す　柴橋の　しばしも待たぬ　日かげなりけり

---

(1) 道祖神、路上の悪魔を防いで、通行人を守ってくれるという神。
(2) 面目ない。
(3) ちょっと忙しそうにいう。

(4)申下《さるさが》る頃滝のもとに到り着きぬ。その滝の姿は言《こと》に出でば低《ひき》くもこそならめとて歌に譲りていはず。

高嶺より　落ち来る滝の　白糸は　天つ空なる　雲かとぞ見し　温良

滝つ瀬の　半ばは雲に　隠ろひて　見ゆるばかりも　千尋《ちひろ》あるらし　寂湛

千尋《ちひろ》とも　いかでさだめん　久方の　天つ空より　続く滝つ瀬　魯道

水上や　天の河原の　末ならん　雲間を分きて　落つる滝つ瀬　記者

世を経ても　誰かは取らむ　山姫の　繰りてさらせる　滝の白糸

日もやや暮れかかりぬれば、大徳主従己《おのれ》と三人《みたり》は滝本房に宿借りて留まり、温良験者・八郎ぬしはもとの山路を帰る。月はほどなく、空はくもらはしきにいかでかいまさん。温良は子幼く、八郎の母持たる身にして、いと危ふと止むれど、皆山に達なれば事にも思はで出行く。残れるは藁うづ取り捨て、湯浴み

67

(4)　午後五時。

し、夕餉《げ》などしたためてゆるらかに見出すに、ここよりは滝の姿も麓の杉の梢にもてなされていとなごやかにおかしう見ゆ。

記者

夕暮の　峯より落つる　滝の糸は　たなばたつめや　露にさらせる

昔の上手すら滝の歌には白糸・山姫・たなばたつめなどをばえ離れぬわざなるを、まいて今は滝つ瀬さへ添はりて苦しう汚げなれば書き留むべきならねど、(1)ふりはへ来《こ》し印にとてなん。

○六日の朝《あした》は雨ほろほろと落つれど、ここに留まるべきならねば出づ。こたみは人皆通ふ道なればいぶせくもあらねど、岩角こごしうて行きなやみつつ腹も空しうなりぬれば、福山の渡辺の某は温良の里にて大徳《とこ》も親しきゆかりの家なればとて訪ふに、庭に清き流れせきれたるその水に麦縄《もひ》(2)ひたしてもてなせば、常のとは異《こと》に覚えしも折からなるべし。

日はまだ残れども足堪へざれば観音寺村なる増田屋に宿る。ここも大徳の顧客《とくい》にて饗など心ことなりし。夜に入りて山家の菊てふ題出して、

魯道

ほどもなき　柴の*とぼその　村雨に　しづくも匂ふ　軒の白菊

68

(1) わざわざ来た。

(2) そうめん。

時ぞとて　見る人もなき　山里の　垣根ににほふ　白菊の花　　寂湛

かたかげの　*岨《そば》の軒ばの　一本《もと》も　心ことなる　菊の色かな　　記者

主《あるじ》のためからき口つきどもなりけらし。

○七日の日朝まだき、例の酒飲みつつ、やうやう辰(3)の時に出て、十町ばかりこなたなる市条村の池田の某を訪《とぶら》ふに、家主《あるじ》この頃*瘧《おこり》心地に臥しながら出居(4)の方に呼び入れてもてなし、かつその道の人とて俳諧の発句《ほく》して出す。名は左松とぞいふ。

時なれや　奥なる庭に　渡る鳥　　となん。

己その道知らねば、腰折歌もて答ふ。

記者

なほざりに　雲路を渡る　鳥だにも　実《みの》る田の面を　分きてこそ寄れ

---

(3)　午前八時。

(4)　応接間。

69

立ち出づる折、

魯道

老らくの　童病《わらはや》みこそ　頼みなれ　昔にかへる　齢《よはひ》と思へば

この翁は古来稀なりてふ年の上にもなほ加はれりとぞいふ。この八幡《やはた》の御社は宮柱太しき立て、千木高しりていと厳《おごそ》かにまし、森の茂みは筑波山*の陰《かげ》にもまさり、わきて雞冠樹《かへで》多ければ、黄葉の折契《ちぎ》りつつ暫し歩みて島田の菅原の家を訪ふ。主は違《たが》ひにたれど、家刀自に酒まで出て飲みなどするほどに日入りはてて帰り着きぬ。

上のくだりおかしき節《ふし》もなく、はた本末整ほりしと聞こゆる歌も見えねど、この折の事忘れじとて酒田の仮庵《かりほ》に帰りて後、思ひ出るかぎりを記す。

○九日の菊、各々詠めるついでに、

夜をかけて　月にもかざせ　菊の花　明日より後に　秋はありとも

秋をおきて　時ある色は　匂ふとも　今日をぞ菊の　盛りとは見ん

70

○十三夜(1)伊東に集まりて、各々*詩《からうた》作りしに、己《おのれ》そは知らねば、*皇国風《みくにぶり》をいふ。
今日しも雲おほひ風騒がしう、雨も時々時雨《しぐれ》めきい降るを嘆きて、

暫しだに　雲吹き払へ　天つ風　今宵の月の　心知れれば

折しも雁渡るを聞きて、

初雁の　声だになくば　九月《ながつき》の　今宵むなしき　まとゐせましを

これの庭に芭蕉葉のあるを隠し題にて、

吹く風も　荒くな吹きそ　この宿に　こころばせをば　誰も留めつ

人々月なきことを返す返す恨みぬるをいさめて、

大空に　心をやりて　月を見ば　隔つる雲も　あらじとぞ思ふ

---

(1)　伊藤等和の家であろう。

さは言ひつつも猶え堪へねば、

同じくは　くまなき月の　光見ん　こよひばかりの　秋にはあらねど

かくいふ程に雲切れて月いとさやかに見ゆ。

わが心　天つ空にや　通ひけん　雲間を分きて　出づる月かげ

世の中は　かくこそありけれ　花のために　憂かりし風ぞ　月にうれしき

某の翁が*うまの心なるべし。かく酒飲み遊ぶ中にも故郷のしのばしさは猶忘れやらで、

曇りつつ　更けてさやけき　月影は　故郷《ふるさと》人も　いまや見つらん

藁屋の軒に枯木立てりて風吹かせし絵、

心なき　軒に嵐を　通はせて　人にしられぬ　宿ぞ住みよき

又、磯山に松多く生ひ、家どもあり。

沖つ波　よする渚《なぎさ》を　麓にて　夏をよそなる　松風の音

三国(1)のたけひろ(2)が文に、来む春は必ず来よと言ひおこせし返事《かへりごと》に「春はいかがあらむ、秋は」など書きて、奥に、

行く春を　何か契らむ　高砂の　松も昔の　松ならぬ世に

同じ里の庸《もちふ》への文の奥に、

聞きてしも　それとは知らじ　行く雁の　声に心は　添へしものから

北野(1)の御姿に題せし歌、

秋風の　吹上に寄する　白波も　君が代よりや　花と見ゆらん

---

(1)　福井県三国。
(2)　不詳。

72

(1)　菅原道真、天神様の絵。

○十月三日　鵜渡河原にて詠める

色変る　野辺をあはれと　思ふまに　わが身を秋と　この葉見つらむ

つとめて、帰る折にまた、

散りかかる　袖に木の葉を　積らせて　秋の野山を　行くまでは見む

鶴が岡の月光寺広堂法師がもとより、六月十六日におこせし文の道に滞《とどこほ》りて、九月一日《ながつきついたち》に届ける。その贈答。

始めて対面《たいめ》給はりいといと嬉しうなむ。己《おのれ》仏に仕へまつる暇《いとま》のひまには、春の花の朝《あした》秋の紅葉の夕に、咲き散るを憐れみ惜しみつつ、年来言の葉の道をたどれど、鄙《ひな》に生まれまして学びの親と頼むべき人しなければ、志はありながらいたづらに年月を過し侍りぬ。さるを初学《うひまな》びの便りにものし給へる書とて（水*鏡なり）見せ給ふるがいともめでたく、今の世にあり経《ふ》る書にはこよなくぞありける。はた、夜もすがら諭し給へる御物語に、斧の柄も朽《くち》すべうなん侍り。

されば夏引のいと長くなづさひ(1)つつ物せんと思ひしを、今日しもとみに立ち別るればいと本意《ほい》なくてかくなん。

吹く風の　見えぬものから　たぐへやる　心ばかりは　君に別れし

あなかしこ。　　　　　　広　堂

返しの文

御里離れし日賜へりし御文、やうやう九月一日《ついたち》に届き、すなはちも御返事まゐらせまほしかりしを、増田の滝見に出立つほどなりしかば、帰りてこそなど思ひ怠りし間に、忘るとはあらねど何くれと事繁きやうにて、思ほえず今迄になりしをば、何にかこち(2)て罪さり(3)侍らむ。そはおのづから老のものうさにも思し許してんかし。何も何もさしおきて、先づ平らかにおはせん様は所々に推しはかりても知り奉りぬ。己はたつつみ(4)なう旅寝し侍れば、御心の端にもな思ほしかけそ。誠よ、宣《のたま》ひおこせしこと、さいつ頃は、たまさかに見《まみ》えまゐらせながら、程もなう別れまゐらせし事、今も本意《ほい》なくのみ思ひ侍れば、今一《ひと》度もとは思ふものから老の歩みの堪へ難きをば如何にし侍らむ。仏の大宮仕《おおみやづか》へはさる

(1)　馴れ親しむ。
(2)　かこつけて。
(3)　罪をのがれましょう。
(4)　無事。

ことながら、暫しの程はぬすまはれて、建部・石田の主《ぬし》達をもそのかしつつ、旅の仮庵《かりほ》も訪ひ給へかし。

十月一日《かむなづきついたち》

忘れずと　昔には聞けど　吹く風の　目にし見えずば　あらしと思はん

かひなきをば何かはと思ひながら、はかなきは谷口躬風がことなり。風の前の燈火《ともしび》とか、今はその名さへ疎《うと》ましうこそ。己はつはつ(1)の結びにてすら露によそへてははつれし袖に玉をかけ、月(2)に向かひては過ぎたる歯を食ひしばる思ひなほ止み難きを、まいて君たちの御心は推し測りまゐらせぬ。せめては御対面《たいめ》の事の様も詳しう聞かまほしう、さらば思ひあきらむる端もやとなん。さてはおかしきふしもあるべうはあらねど、秋の山苞(3)《づと》に増田の日記見せ奉らまほしかれど、くだくだしう記すに堪へねば、十三夜のをだにとて書いつけまゐらするなり。これは月の面伏(4)*《おもてぶせ》にもこそあらめ。

なでしこの絵に

露にぬれし　色をも見んと　なかなかに　朝安からぬ　と*こなつの花

---

(1) わづかの。

(2) 「十五夜の禍なればなり」と注が加えられてある。

(3) みやげ。

(4) 不面目なこと。

三夕のうち、鴫《(5)しぎ》たつ沢は故《こと》躬《さら》風が筆の勢紛《まぎ》るべうもあらねば、伊藤の家に秘め置かれしを請ひ得て、かの後の世のよすがにもとて、同じ友なる魯道大徳の御寺に納めんとするにも、過ぎし交らひの事ども今のやうに思ひ出られて、

哀をも　今ぞわが身に　知られける　鴫たつ沢の　水茎のあと

と書き終りて、また

面影の　浮かぶ硯の　水茎を　浅くはな見そ　天がけりても

上のくだり書いつけて青原寺へ送りしは十月十二日なり。

人のもとより菊請ひに遣《つか》しけるに、紫の菊を折りて

わが宿の　一本《もと》菊も　たをりけり　君が千年《ちとせ》の　数そへむとて

吉備人信敬《(1)よし》がはじめて房を訪ひて寄る。

---

(5)　西行法師の「心なき身にもあはれは知られけり鴫たつ沢の秋の夕暮」。

75

(1)　不詳。

とこよ物　こしの道柴　かき分けて　袖の浦わに　にほふ橘

返し

枯れはてし　袖の浦わの　橘は　いかで昔の　香ににほふべき

信敬に書きてつかはせし寿山亭記並寄松祝之歌

松を千年とかぎれるもなほ飽かぬ心地するを、吉備人信敬の家をば松田と称へ、はた東人《あづまうど》某の翁が彼の房を寿山亭とつけしも、昔よりその家の前栽に雌《め》雄《を》の松千年の蔭をときはにかきはに並びつつ、四つの時を別《わ》かずして一つに茂りあへるより、そを天地と友に動きなかるべき山にたぐへて讃《たた》へし名なりけらし。これを思ふに、かけまくも畏《かし》かれど世の始めに二神並び立ちまして、この大八洲《やしま》国も諸《もろ》々の神達も産みまししより、*天の益人《ますひと》等もいやますますに広ごり、いやつぎつぎに栄ゆくことの如くに、この二木の松の木の末々の千年は、まさきのかつら長く伝はり、青柳の糸絶ゆる世あらめやとなむ。かくてこの主《ぬし》事なくて、今年四十《よそじ》に△なりぬる喜びに堪へず。松に寄せて祝の心ばえある歌を、あまねく人々にも請はんとすれば、なほ花も詠み、かつは寿山とつきし文屋《ふみや》の名の心をもあかしてよと、自らその道に心ゆだぬる人に

76

△以下、原田本により補う。

して、しかまに染むるあながちにものせらるるを、春野にあさる若駒の綱引いなまむは、なかなかに心あり顔にもこそとて、思ふままをとりあへず上件《うへのくだり》かいつけ、また腰たへがたきえせうたも己が老に見許したまへとて、

四十《よそじ》より　よみはじむべき　千世なれば　はすにはまつの　はるやとらまし

かく書いつけておくりしは神無月の望《もち》の頃なりけり。

○二十六日

兼題(1)　霜

露と呼ぶ　あだなうしとや　置きかへて　またはかなきは　小野の浅霜

同席　当座(2)　初逢恋

行く末を　まだきかけたる　恨さへ　逢ふ嬉しさに　などそはるらん

○霜月六日

兼題　冬月

霜結ぶ　寝屋の板戸の　ひまもりて　さしくる月の　影の寒けさ

77

(1)　宿題として作ってきた歌。

(2)　会の時の即席に作った歌。

おほかたも　輝く池の　薄ら日を　かさねてみがく　冬の夜の月

同席　当座　窓竹

まじらはぬ　身は月花も　よそながら　千代の友なる　窓のくれ竹

風いと寒かりける夜、枕べに屛風ひきふたぐとて、

すきまもる　風いとふとて　冬の夜は　月にもうとき　寝屋の槙《まき》のと

○十五日

兼題　浦千鳥

あまの子も　濡らし添へつつ　袖の浦に　夜は千鳥の　鳴く音聞くらん

あだ波を　うしと千鳥の　鳴く声に　袖の浦人　ぬれまさりなん

(3)燈火《ともしび》の　あかしの浦の　夕なぎに　ゐ島をかけて　千鳥鳴くなり

（3）　明石の枕詞。

同席　当座　古松鶴

かひこより(1)　契りかおける　千年経し　たづがねぐらと　しむる松が枝

家より十月におこせし文、昨日来しを見れば、その奥に、泰済(2)が詠みておこせし、

草枕　旅の時雨や　いかならん　なれし袂も　濡るる夕暮

今日帰る人に返しつかはす文の奥に、

故郷に　濡るる袂を　思はずは　旅の時雨も　袖にかけめや

三国の武明がもとより、水茎の信なかりせばなど言ひおこせし返事に、

世の中に　廻《めぐ》らふほどは　水茎の　とどこほるとも　信たえめやも

三国へは百五十里なり。そのかみ都の御杖(3)*がかしこに来べき由、庸《もちふ》がもとよ

78

(1)　子飼いの時から。

(2)　由之の長子、馬之助、諱は泰樹、壮名を泰済、号を北渚・眺島斎という。

(3)　富士谷成章の子、和歌・国学にすぐれ、「古事記灯」、「詞葉新雅」等の著書が多い。

り言ひおこせし返事に、御杖に見せよとて、

聞くからに　まづなつかしき　都鳥　ありやなしやに　世を渡る身も

(1)等和《としちか》が鶴が岡にまうのぼりし折訪《とぶら》ひし文に、

君がぬる　宿りの方の　山ならん　今朝白妙に　雪の降れるは

○二十五日

兼題　　遠山雪

雲と立ち　雨とふりにし　古の　あはれにまさる　雪の遠山

風さえし　夜の間の雨と　今朝見れば　*をちの高ねの　み雪なりけり

同席　　当座　　羈中衣

夢をだに　結ばぬ頃の　宵々は　かへすかひなき　旅衣かな

79

(1) 酒田の富豪、伊藤家の第四代、俳諧の宗匠、花笠と号す。

同席　当座　寄雲恋

八重たちて　山隠すてふ　浮雲も　思ふなかをば　*えやは隔つる

正明[(2)]が家にて雪中松といふことを、

世の中の　人の心の　松ならば　雪にも朽《く》ちぬ　色見はやさむ

雪のうちに　埋もれはてし　松を見よ　さりとて色の　変るものかは

これらは少し心に憤《いきどほ》ることありてなり。

○十二月五日

兼題　寒樹交松

枝かはす　松の緑を　見よとてや　冬さび立てる　楢の葉かしは

*片岨《そば》の　くぬぎまじりの　松の葉は　冬ぞ緑の　色まさりける

（2）　佐藤正明なり。

この夜、人集まらねば当座なし。

福寿(1)とよぶ草は雪の下よりきざして、睦月《むつき》一日《ついたち》に必ず開くとなん。それゐがきし扇に、

さきはひに　寿《よはひ》も添へて　咲く花を　年の始めに　見るぞ楽しき

又、常夏《とこなつ》の花(2)やうやうに色どりたる、

紅に　*ゆはたかさねて　咲き匂ふ　こやわぎもこが　常夏の花

この佞人の妖言を誠と思ひて、己が上を人とかく言ふと聞きて、

なら山の　名にこそ立たね　いづこにも　この手柏《がしは》の　あるが苦しさ

雪降り月明らかなる夜、これもその頃なり。

世の中に　物は思はじ　雪の夜の　清きを人の　心なりせば

80

(1) 福寿草なり。

(2) さまざまの色彩に。

等和《としちか》の家に片つ方は紅に、いま片つ方は白き梅を鉢に植ゑて、それに歌詠めといへりければ詠める。

色に香に　きそひて咲ける　梅が枝は　何《いづ》れをわきて　あはれとか見ん

白きには

鶯も　たづねて来鳴け　冬ながら　花咲く宿の　梅の梢は

松

常盤《ときは》なる　松のみどりも　雪にはえて　冬こそ色の　さかりなりけり

三国の庸《もちふ》がもとへ初秋の便りに、声に心は添へしものからと言ひやりしを、こたびわれより文に、

雁渡る　ごとにぞな来《こ》そ　しのばれし　心をふとは　知らぬものから

又、返し、

聞くからに　慕ふ心は　わが魂の　雁に添はりて　さそふなりけり

素松(1)がもとより、来む春は必ずなど言ひおこせし返事に、

便りあれば　かくてもかよふ　玉梓《たまづさ》を　頼みがたきは　命なりけり

良言（三国なり）が詠草の中に、

脱ぎ換ふる　折しなければ　濡れ衣の　おのづから乾《ひ》ん　時をこそ待て

とありし側に書いつけし、

濡れ衣は　八重九重に　かさぬとも　心なくせじ　ますらをわれ口

又、奥に、

冬されば　雁の便も　絶えはてて　うらとふ(1)のみぞ　命なりける

（1）前に左松とあると同一人か。

82

（1）うらないたずねる。

これが返し、

占問《うらとひ》の　しるしなるらん　冬の空を　南に通ふ　雁のたよりは

同じ便に庸《もちふ》がもとより、京の御杖が説二つ書きて、善し悪し問ひにおこせし、それ二つながらいともいともあらぬ事(2)なりければ、文ども引きて悪しき由をつばらか(3)に書いつけて、されど名高き男《をのこ》なれば、この説悪しとてな侮《あなづ》りそとて、

池水の　深さ浅さは　知らねども　まづ大沢と　人もいふめり

同じ時良言《よしこと》がもとより八月中頃にしけり(4)が母亡《う》せたりし由知らせければ、かの主《ぬし》に見せよとて、良言がりいひやりし。

わが袖に　こぼれる涙は　君がせし　秋の別れの　かたみなるらん

上のくだりは、この二十日の便りいひやりしなり。

（2）まちがっている事。
（3）くわしく。
（4）不詳。

○二十日

兼題　歳暮

行く年も　老をかたみに　おかざらば　(1)いとかくせめて　惜しまましやは

同席　当座　述懐

鳥虫の　声ぞあはれに　聞こゆなる　心の外の　音をし鳴かねば

これもかの悪者《わろ》が口には事よく言ひて心の汚さをふと思ひてなりけり。

○つごもりの日詠める　三首

われのみか　人も名残や　惜しからん　又と会ふべき　今生ならねば

暮れてゆく　年の名残も　物ならじ　わが身の老《おひ》の　積らざりせば

しかりとて　何捨てはてん　老の身も　千代の友なる　住の江の松

(2)勝行尼《しょうぎょうに》のもとより、

---

(1) ひどくこのように甚しく。

(2) 新田勝行尼、浄土*真宗大信寺九世建空の室にて、釈公厳の姪である。和歌にすぐれ、安政二年正月八十九歳没。
新田義貞一族の子孫と称し、学者の末裔が多い。

飛鳥《あすか》川　流れてはやき　年波を　かけてとどむる　しがらみもなし

いかにして　心定めん　年(3)のをや　明くるを待つと　暮を惜しむと

これが返し、使を待たせて書いつけてやりし、

かげとめて　何にかはせん　年波の　流れの末は　春と思へば

いつを待ち　いつを惜しまむ　天路行く　月日の影を　たのむ身にして

◇文政五年一月《むつき》一日《ついたち》

あまつ日の　光も常は　めでたきを　今一《ひと》しほの　今朝のあけぼの

○三日の日、ある家の築土《ついひぢ》よりさし出し梅の枝に雪の降れるを見て、

おのづから　春知り顔の　梅が枝を　知らず顔にも　積る雪かな

（3）年が長く続くのを、緒にたとえていう語。

松に春色ありといふ事を、これは四日の夜等和《としちか》の家にてなり。

今日といへば　松の緑も　色ぞます　同じみ雪の　梢ながらに

○七日　若菜　　これも同じ家にて

野辺はなほ　去年《こぞ》のみ雪の　ままながら　今日の若菜に　春をこそ知れ

○十八日　初会　兼題　春風先発苑中梅

昨日今日　軒を春風　吹くからに　はやいちじろき　梅の初花

同席　当座　早春

春立てど　若菜は色も　見えなくに　人待ちがほの　野辺の雪かな

○十六日

大空は　雪気ながらも　春べとは　軒の垂氷《たるひ》の　しづくにぞ知る

○二十八日

兼題　海上霞

魚《いを》すらも　春はそらにや　遊ぶらん　霞こぎゆく　あまの釣り船

同席　当座　おもひ

老らくの　寝覚の床の　わびしきは　昔にかへる　おもひなりけり

○閏正月八日

兼題　春鶯呼客

おのが音を　とむ(1)とは知らで　鶯の　鳴きこそ渡れ　ひとくひとくと*

同席　当座　余寒

待ち得てし　春の日数も　過ぎながら　空だのめなる　野辺の色かな

○十八日

雪消春水来

春の来て　去年《こぞ》のかたみと　見るものは　雪消の水の　落葉なりけり

---

(1) たずねてくる。

大比叡や　比良の高嶺は　雪消えて　淀野《よどの》によする　水の白波

同席　当座　鶯

わが宿も　かひある春と　なりにけり　山よりさきの　鶯の声

○十九日

緑雲亭春望

最上川　雪消の水の　せきこえて　春もゆきかふ　小田のいな舟

○二十八日

兼題　海辺春雨

明日さへに　春雨降らば　こよろぎの　磯な摘みてん　めざしいざなへ

同席　当座　金《あき》

舟木きる　足柄山の　斧の音も　秋のあはれの　数にやはあらぬ

同じ頃、夜帰雁を聞きて、

ぬばたまの　月無き夜半を　行く雁は　星や天路の　しをりなるらん

○二月五日の朝、雪の降れるを見て、

ここは己が越にもまさりて寒けれど、閏月もたちにたれば、何時しかと手を折りて身の老い行くも知らで花咲く頃を待つに、この暁よりいといたう寒くて、独寝の床すら起きうく、常なれば今日は弥生《やよい》の五日なるを、(1)さかしらに如月《きさらぎ》の名知らせ顔なる空の心も憂きものから、庭の梢に鳥どもの来鳴くもさすがにて、おし開けて見れば雪いと白う降れり。心ある人いかに興ずらんと見るに、隣のげすどもの憎み腹立つもまたことわりにおかし。

さえかへり　吹く朝風に　散る雪は　春に知られぬ　松のはつ花

○八日

兼題　青柳風静

青柳の　いとなびかずば　春風の　しのびに吹くを　誰知るらめや

同座　当座　夏山夕

87　(1)　りこうぶって。

松にきく　山のかけ路の　夕暮は　夏をよそなる　風の音かな

◇火《ほ》洗ひの記

十一日の夜、子《ね》[1]の時に火起れり。（深屋小路より出づ。）風は西より土塊《くれ》を飛ばしていと激しく吹けば、東ざまに燃え移り、火は車輪のごとくにほとばしりて二三十町をかけて飛び行き飛び行き燃えぬれば、その間《あはひ》の人心魂《こころだましひ》を失ひ足の踏み処《ど》を知らず。命生きむとするのみにて、衣類調度はいふもさらなり、昔より伝はり来《こ》し宝物なども皆土蔵《ぐら》の中に押し入れてなん逃げ去る。それわくらは[2]に逃げしもあれど、十数へて八九つはすなはち焼け、あるは火やうやう弱り行きつれば、今は[1]と思ふはしに内より燃えあがりて焼けなどするは、まいてその主の心思ひやられて、こはいかになりなん世の果にかとなむ。かくてその筋は屋の建てるかぎり焼き尽してほのぼのと明けはなるる頃火は止みぬ。ただ三時のほどにかまどの数凡そ二千に及びて、皆空しき灰となりはてぬるこそ悲しかりしか。（この時は千七八百とも八百とも言へれば、かく記せしかど、後に聞けば、家は六百七十八、寺二つ、蔵三十六、この外に半《なか》ら焼けたる蔵小屋など入れて棟数は千に過ぎたり。）

（1）夜の十二時。

（2）たまさかに。

88

（1）今は安心と思ふとたんに。

己旅にしあれば失《う》すべき宝もなく、焼くべき家も持たねど、人皆の歎きを思ひやるには、何にこの里に長居してか丶る目見つらむとくやしき事限りなし。これが中には草の枕のよるべと頼み、あるは芦垣の心隔てぬ友達も、伊藤のやから（等和、かずよし、文之などなり）上林のうから（維熊、維一兄弟なり）などいと多かれば、弟子の外に心寄の人々いと多し。

十二日はただ夢の心地して(2)ほれ暮し、十三日になりてつれづれと思ひめぐらし、はたその火の起りを聞けば、盗人てふひたぶる心あるやつの物欲しうするよりせしわざとなん思はるる。それらたとひ虎狼の心持てるにもあれ、さる恐ろしき風にかかる(3)まがわざをばせむものかはと憎かれど、また神代のあとを思へば、さる心の者のこの世に生《あ》れ来て、かかる事し出づるも、皆(4)まがつひの心よりなりて(5)迦具土《かぐつち》の神の御洗ひを(6)*科戸《しなと》の神助けまゐらせるにて、さらにさらに人の力にも及ばず、又、禍《まが》にあへる身の罪にもあらねば、あながちにな歎きそとて、友達のもとに言ひやりし。

かぐつちの　神な恨みそ　し*なつべの　神*を*かこつな　うつせみの
世のならはしの　まがごとぞこれ

（2）ぼんやりして暮す。
（3）禍事。
（4）禍津日の神、災難をおこす神。
（5）火の神。
（6）風の神。
89

○十三日

兼題　夜帰雁

行方《ゆくえ》だに　見てましものを　あやにくに　鳴きつつ帰る　夜半のかりがね

十一日の騒ぎにてこの日連衆も集《つど》はねば当座もなし。

庭の柿やうやう青みぬれば、折りて焼けし人におくるとて、

春の日の　光はあやし　青柳の　もえて緑の　色しまされば

◇わびね

ここは北の涯《はて》なるけにやあらむ。外よりはいと寒う、今年は睦月《むつき》に閏《うるう》さへありて、今は如月《きさらぎ》の二十日あまりにあなれば、異国にはさらにも言はず、雪に名を得し己《おの》が越《こし》なども花盛りなるべきを柳の芽だにほころびず。はた十一日の火の騒ぎより夜昼激しう吹きて心細さもやるかたなう、酒飲みてうち寝るをわざにて、今日も昼いねて夕つ方頭もたげたれば、風はいやますます吹き強りつつ寝屋の戸にはらはらと雪吹きかけしを聞き、

春の日も　寝つくして花　思ふかな　咲かば散りなむ　風の寒さに

○弥生《やよひ》にもなりぬ。二日の日仮庵《かりいほ》の庭を見れば、何時しか草ども萌《も》え出ていと春やかなり。われも人もまだうなゐ(1)なりし頃、はらから友達もろともに広かりし庭に遊びつつこの草は誰がぞなど争ひいさかひ(2)しも、ただ昨日今日と思ひ出らるるを、手を折りて数ふれば遥けくもあるかな。流れてはやきと言ひし年月は、げにはかなく過ぎぬるはやとうち眺められて、

庭もせに　生ふる草葉の　色見れば　昔の春し　思ほゆるかな

これも同じ折なり。過ぎにし月、火の禍《まが》にかかりてこの友達多く焼け、辛うじてそをのがれしははらからに遅れて嘆き（渡辺行助、高山新助）己はた近きほどにこの里離れて奥路に旅立たむと思ふには名残なきにあらねば、かたがた取り集めいと心細き折しも鶯の鳴くを聞きて、

心うき　年にはあれど　鶯の　初音は春の　しらべなりけり

（1）七、八歳位の子供。
（2）けんかをした。

○三日の日、隣の桜を見て、

咲かざらば　さてもあらむを　花桜　同じ色とも　見えぬ春かな

天地《あめつち》の　なしのままなる　花の木は　今年も同じ　匂ひにぞ咲く

そのかみ雁を聞きて

弥生《やよひ》まで　遅れて帰る　かりがねは　今年よりこそ　春を知るらめ

◇百人一首春の山口序

これの百首の歌の心詞を童《わらはべ》らが耳にも易く聞こえ、心にもとくわきまへ知らるべきさまに書きなしてよと、過ぎにし頃白崎の正が言ひしを、なほざりがて(1)らうべなひしかど(2)、こは世にもてはやされてその名高きにより、人々の註釈いと多く、考へ漏らせしと見ゆるくましなければ、更に何をか言はんとてさし置きしを、この頃花鳥の色香に誘《さそ》はれて、又この里を浮かれ出むと思ひつには、契り違ふるが本意《ほい》なさに、(3)＊難波《なには》の阿闍梨《あざり》、(4)＊県居《あがたゐ》の大人《うし》、(5)鈴の屋の翁たちの

91

(1) いいかげんに。
(2) 承知した。
(3) 契沖。
(4) 賀茂真淵。
(5) 本居宣長。

説を本とし、かつ已が思ひ得し筋をも加へ、雅《みや》び里《さと》びを問はず、もの狂ほしき詞をさへうち交《まじ》へつつ、(6)わく子らが初学びのためを専らとし、はた旅立つ折にもあなればとて、この書を春の山口と名付く。

◇広堂法師への返し

彼よりの文は省く。

霜月の御文いと嬉しう、すなはちも御返しまゐらすべかりしを、増田の記見せよとの給へしかば、それ写し出てと思ふには例のものうくて、明日は明日はと休らふはしに年をさへ越し、春も残り少なになりぬるをばいかになめし(1)と思すらんかし。さるにてはかの日記必ずまゐらすべけれど、何の御覧じ所なきもの故、春の日のいと長々しう書いつけん事の苦しさに、そはさしおきて過ぎにし月の「火洗ひの記」並びにこの月の二日三日の歌、これはたおかしからぬ筋にはあれど、怠りのあがなひにせめてはとて見せまゐらするになん。はたいにし望《もち》の頃、山彦ぬしより君と黒躬ぬしと三所の御名にて、ここの禍の事とぶらひおこせ給はりし喜びもこたび共に申すを、君より二所へはのたまへてよ。その折のあらましは「火洗ひの記」にしるせれば、殊には申さずなん。そよ、四日五日のあなた、その御里にも火の騒ぎありしとか、されど君・黒躬ぬしはさ

---

(6) 幼い子供。

92

(1) 失礼。

らにて、山彦ぬしもほど隔りて事おはせぬさまに聞き定めぬれば心おちゐ侍りぬ。今年はいかなれか、この暁もここに又いささかの事ありき。かう物騒がしきにつれて花鳥の色音もただならねば、望《もち》の頃ここを立ちて松島の方にと思ひなりぬ。うつせみの世の常、もとよりはかなきを、まいて老の身はこれを限りにかき絶えなんといと心細きにつけても、躬風の事思ひ出られて、いとどしき神の露けさをばおしはかり給へかし。憂き旅の歎きは糸によりつとも結び留むべき別ならねば、今更に女々しうは見えまゐらせじとて何事も止めつ。

月　日

黒縄の返し、

一筋は　我にはあらで　すみなはの　引くかたことに　ありもこそせめ

花盛りに魯道大徳のうまのはなむけしける時に、

花の香を　心にしめて　わが行かば　残るは色の　限りなるらん

同じ時、八房の梅のもとにて、

この梅の　薫《かほり》にしみて　旅行かば　ただならじとぞ　人も見つらん

これも同じ折

同じくは　暮れずもあれかし　花の蔭に　まとゐする日は　幾日やはある

これも同じ時、かの大徳「今宵はここに明かせよ」と言へりければ、

花匂ふ　宿に一夜を　明かしなば　色なる名のみ　空に立ちなん

また

夕暮れは　花の匂ひぞ　まさりける　あしたの露に　濡れし色にも

皆酔ひのすさびにて歌のやうにもあらぬ事どもなりかし。そのかみ魯道が詠める。

梅が香を　袖にうつして　花ざかり　別れし後の　思ひ出にせむ

かへし

いな我は　袖にうつさじ　梅が香も　旅の寝覚めの　たねならなくに

風速き夕暮に、来し方行く末を思ひつらねて、

空に消ゆる　雲の行方《ゆくへ》も　わがごとや　果をいづくと　知る人のなき

ある夜の夢に、その人は誰とも覚えず、君はここを別れていづこへかといふ。己いひけらく、もとよりの願なれば松島にと答ふ。またその人のいへるは、そこより家へ帰り給ふやと問ふに、さはあらず、常陸《ひたち》・上総《かみつふさ》を経て江戸にと答ふるを、その人またいひけらく、まづ家に帰り給へよ、刀自君(1)いかに恋ひ待ち給ふらんといへれば、さるものは今はなしと答へしかば、そは何時ばかりうせ給へしなどといふと見て答へたる歌、

いないはじ　言へば涙の　こぼるるを　天《あま》がけりても　悲しとや見ん

95 道のしをりの序

（1）妻君。

文綴るしるべにも、端詞書くたつきにもなるべきもの書きてよと、さいつ頃より正明が請ひしを、文の本には伊勢・源氏・枕の草子、少し古様《いにしへざま》によらば、空穂《うつぼ》・竹取などこそあるべけれ。歌の端詞は古今集にますものなければ、それらに心を入れて見よといへど、そは力もつきてこそたつきにもならめ、今はただ翁が日記の中より抜き出でてと、(1)しかまに染*むるあながちに責むるもうるさきものから、志の浅からぬにめでて、草枕旅立つ折によろぎのいそぎ物ししかば、あら玉の年月、久方の日並、また春夏秋冬のついでも立てず、かれこれの日記ども繰返しつつ苅萱《かるかや》の糸乱りがはしう書き集めしを、今初むる道のしをりにとてなむ。

敷島の　道のしをりを　しるべにて　奥の奥まで　わけよますらを

◇千代清水の記

(2)運栄ぬしが新たに掘り得し観月亭の清水はも、水無月の土さへ裂けて照る日にも、むすべばやがて夏を忘れ、筧《かけひ》こほりて音絶ゆる冬の夜も、水煙暖かに立ちてほとりの雪を消やし、春は花を浮かべ、秋は月を宿し、はた底清うして見

---

(1) 播磨国飾磨には褐《かち》（濃い紺色）のよい染物を出したので、あながちの「かち」の序として用いた。

(2) 不詳。

る人の心の濁をさへに洗はしむれば、ここに住みてこれを弄ばん人は、この清水のとことはに涌き出るがごと朝夕《あしたゆふべ》に富を増し、この流の天地と共にかかる世なきにあえて齢《よはひ》も共に長かるべければ、これが名を千代の真清水とす。

ももつたふ　岩井の清水　たちならし　千年の影は　汲む人ぞ見ん

雨の降る日、みまかれる人を野辺に送り行くを見て、

とどむべき　道しなければ　春雨《さめ》に　濡れつつ送る　今日のかどでか

◇雪墨辞

火の神は御性《おんさが》猛《たけ》くましますからに、そを清め祭る人、必ずその御魂《(1)みたま》のふゆによりて家饒《にぎは》ひ身栄ゆくことは昔も今も変らざりけり。

かぐ土の　神の御魂《みたま》の　なかりせば　何を煙の　種とかはせん

（1）神の御加護。

火の禍にあへる人、そをあながちに恨みなば、いやますますにその御憤《いきどほり》を蒙《かがむ》るべければ、自らの怠りを悔いて齋《いは》ひまつる時は禍うつりて幸となること、墨をもて雪てふ文字書くに等しからむ。

◇白崎誠碑銘

（1）産巣日《むすび》の神のなしのまにまに、これの酒田の白崎氏の誠は、生すてし性おだしう、はた御室山諸《もろもろ》の人恵む心ばへはよ、春雲棚引く山の奥《おき》つ白浪寄する浦の崎々まで思ひ渡し、わきてはこの里の貧しき人あはむあまりに、荒びくる火の禍《まが》防ぐ備へすとて、（2）狛劔《こまつるぎ》わたくしの財を顧みずして、秋の田の力を尽くせしかひありて、その功勲《いさをし》の高きなどは、今目の前に人皆知れれば、久米のさら山いふもさらなるを、うちなびく春の日長閑《のどか》に照り続く年は、あしひきの山田にかくる苗代《なはしろ》水も*蒼生《たみ》の心に任せじとて歎き、初雁渡る秋となりては野分《のわき》の風厭《いと》ふとて大空をおほふばかりの袖を願ひつつ竜田姫の神に祈りをささげ、あるは俄《にはか》に暴風《あらし》吹き荒る日は、いさりする海人《あま》の身の上を悲しびて、ここながら袂を濡らすなどの真情より、敷島のやまと言の葉をも捨てず、詠み置ける歌さはなる中に、病して弱くなれる頃、ある人のみまかりしをいたみて「草の上に

97
（1）万物生成の神。
（2）輪《わ》の枕詞。

98

おく露の身の我ながら消えゆく人を哀れとぞ聞く」と詠みて後、幾程もなく文(1)政と改まりし年の霜降月のはつかあまりいつかてふ日うせしとか。かかる人しも六十《むそじ》にだに満たぬは、自らこそ老いくづをれし姿を人に見えむより、名残惜しまるるいとめでたくはあれど、貧しき里人のためからきわざになん。しかはあれど、ちちのみの父の心のまにまに愛《まな》子の正もその操《みさお》絶えなんことを思ひて、*つぬさはふ岩根に彫りて建て置く故は、(2)鳥つ鳥うみの子の末々、つがの木のいやつぎつぎに、この心ばせを忘らせじとてなり。かくてこのあらましを書いつけてよとなん請ふなる。おれかた糸のいとしも堪へぬわざにて、かつは人の耳におそり、かつは言の葉の心に恥ぢ思へど、(3)まさきの葛《かつら》長く伝はり、(4)鳥の跡久しく止まれらば、この家に生れ出む人、鳴く鹿の起き伏しにもこれを見てこの心を忘れじ。しか忘れずば、この里の寂しき竈《かまど》を賑《にぎは》はし、はたこの家のいや栄えに栄えむことを思ふとて、この事の千々の一つを書いつく。

はかなくて　誰もとまらぬ　露の世に　白玉の名は　消えじとぞ思ふ

時は云々　　　　名

---

(1) 文政元年十一月二十五日。

(2) 鵜《う》の枕詞。

(3) 長しの序。

(4) 文字。

◇日記

ある女のもとより

惜しめども　今はかひなし　旅衣　重ねてきなん　ことな忘れそ

と、言ひおこせし返し、

ひとりゆく　旅も憂からじ　惜しむてふ　君が心を　袖につつまば

○四月朔日

はつれてし　衣ぬぎかへむ　旅行けば　今日と数ふる　身にはあらねど

祭の日の料の扇に物書きてといへりければ詠みて書ける。

さかき葉の　同じ緑も　色ぞ増す　今年や千代の　はじめなるらん

この庵《いほり》に旅寝せしも、満ちかくる月影十回《かへり》になりにたれば、軒の松風も耳にしみ、垣根の菊の秋の色も心にとどまりて立ち離れなん名残いと少からぬに、身はくづをれながら心にはなほ遠き海山をかけぬれば、二度帰り見むことのおぼつかなくてかくなん。

人はいさ　別れはつとも　馴れ来てし　庭の草木は　我を忘れじ

必ず来べき人の来ざりけるを恨みて言ひ遣はせし、

厭《いと》へども　来るてふ老も　あるものを　待つと知る知る　来ぬ人ぞ憂き

老らくも　若ゆ今日なる　滝つ瀬の　流れの末は　限り知られず

これは由良老の滝の作物なり。

◇上林邦昌碑銘

故上林邦昌は若かりし時漢詩《からうた》作りて文房を清風館と名づけ、字を子長といへり。真盛りの頃より俳諧の連歌をすさびて、その方の称を千翼といひ、やや老に及びては皇国の雅言を尊びて詠める歌多かりしとか。かくてその性雄々しく、はた他養ふ心深かりしより、旧《もと》この里の西北は目も遥々と広き所みな真砂地にて、蒼生の用もなさざりしをうれたみて、子《ね》の日する野辺の小松を引き寄せつつ、久方の月を重ね、新玉の年を積みて撫で生ふせしが、幾程もなく千年の小枝さしかはし八千代の二葉茂りあひて、西の風防ぎしを見て、やがて粟(1)生・豆(2)生を作り初《そ》めつつ教へしより、百伝《ももつた》ふ五十年《いそとせ》の今となりては、島つ鳥畝《うね》並べ、(3)ぬば玉の畔《くろ》隔て、秋の夜の錐《きり》立つばかりも空しき地なく、民のたつきいとさはなるはかけまくもかしこかれど、(4)大名持少彦子名《おほなもちすくなひこな》の神達の御魂の邦昌に御よざしまししにこそあらめ。かくのごと世のため勲《いさお》あれば、神もめぐしとみそなはしつらめど、うつせみの人並々なる禍事《まがごと》をばえのがれあへず、愛子《まなご》の維熊が代となりて、今年の如月《きさらぎ》（文政五年、邦昌がうせしは寛政十二年にて三十三回の遠忌に当れり）火の禍《まが》にかかりつつ家はいふもさらにて、倉庫も何も焼けうせしかば（上林氏の此の里に住み始めしは、何時ばかりとも伝へなければ知る由なくて、元和の三年にうせし和泉善通は兵の道に賢く、公《おほやけ》にも功勲ありしかば、今はこの人を祖とす。その善通より伝はり来し軍器その外の宝物も此度の火にて皆滅びしなり）詠みおける歌ども倭《やまと》のも漢《から》のも残るかたなきはいともいとも

---

(1) あわ。
(2) まめ。
(3) 黒の枕詞。
(4) 大国主命。

101

口惜しかれど、なほかぐはしき名のみは植ゑおきし松にあえつつ八千年の末の末まで絶ゆる世あらめや。

上の件は維熊、維一、鐙谷《あぶみや》氏を継ぎし重昌等兄弟三人同じ心に思ひけらく、世はかうはかなく、火にあひては何くれの物も頼みなきを、親の名を留めんには石に彫りてこそと、この卯月に思ひ立ちて、そのあらまし書いつけてよといへれど、己しその人知らねば、かの友なりし伊藤等和・渡辺保等に問ひ聞きてかつがつ記す。

◇日記

さきに惜しめども云々と詠みておこせし女のもとより、また歌詠みておこせし。かう浅からぬさまにいひ通はしつるものから、未だ対面《たいめ》もせざりければばかくなん。

会いも見ぬ　人別るとて　五月雨《さみだれ》に　わが衣手の　乾かぬやなぞ

勝行尼

よそめには　別るとばかり　見ゆらめど　心は君に　たぐひてぞ行く

返し

旅路行く　麻の袖にも　包ままし　たぐふてふなる　君が心は

正が母

明日よりは　誰に問はまし　言の葉の　道しるべなる　君に別れて

返し

言の葉の　道は千またに　分るとも　一つ心や　しるべなるらん

○二十九日　酒田をたつ。一年《ひととせ》にも余れば名残少からず。等和が家にて朝《あした》より酒飲みつつやうやう午のかしらに出立つに、送りの人(1)さはなり。河原の酒屋にて馬のはなむけすとて、かたみに酔ひて何の風流もなし。そこを出づるに、なほ慕ひ来るものは維一・正明等をはじめにて四五なりき。青塚てふ村に正明が(2)しぞくの人あればとて、そこに立寄りてまた飲みしかば、暮に及びて人々を別れつつ、酒田にありし程仕へし従者一人を具して出づるに、やがて日は入りはてつ。(3)松はとぼせしかど足もとは千鳥に似て、広き浜びを左右《みぎり》へよろめくほど

102

(1)　たくさんある。

(2)　親族。

(3)　たい松。

に、いづこをはかりとも知らず。

夜更けもて行くままに、酔醒め、身からうじて足もひかれねど、このほとり*ほしかてふ物につきて、この頃山犬さはなりとて従者《ずさ》が泣くにひかれて、我ももの恐しかれば、猛き心をふり起しつつ行けど行けど同じ浜なり。はてはては思はずにうち倒れて、犬も食へかしとて動かねば、従者は腹立ちて「それおぼせ。常も心こはくて人のこと聞き入れ給はねばぞかし。青塚にてさしもとどめまゐらせしものを」とて、憎さげにふ(1)て言へるも又憎しかし。それ憎しとてさてあるべきならねば、歩むともなくゐざるともなくて、(2)子《ね》の時ばかりに吹浦に来着きて、人宿る家とし見れば、水雞《くひな》ならねど門ごとにたたけど誰かは聞きも入れん。一里《ひとさと》行き帰りつつからうじて起し得たれど、ただ叱《しか》りに叱《しか》りて追ひ出さんとするを、従者と二人手をすりつつ宿りて、足も清めず物も食はで、蚊に責められながら片隅にふせりてかくなん。

憂きことの　限りと今日を　思ふかな　明日の命を　知らぬこの身は

されど明方より郭公《ほととぎす》のおとづれしこそおかしかりしか。

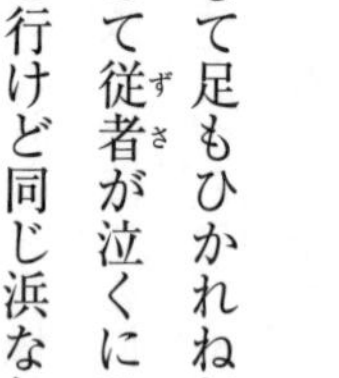

103

(1) ふてくされていう。

(2) 夜の十二時。

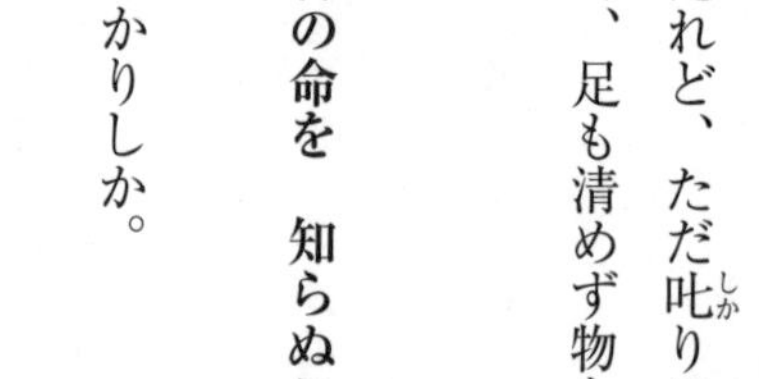

待ち得てし　おのが五月と　ほととぎす　今朝をちかへり(3)　ここもとに鳴く

これより従者をば返せしなり。この日御崎坂てふ*こごしき山路など越えつつ塩越に至りて宿る。今日は五月の一日《ついたち》なり。

○二日　宿りのあるじ先立てて*象潟《きさかた》のくえあと見て書いつく。この象潟は奥の松島につがひて名高き眺望なりしを、二十年《はたとせ》ばかりのかなた文化と改まりし年の六月に大*なゐふりてくぬが地となりしを、やがてあらすきかへし水田とせしかば、そのさき潟中にありておかしかりけんと見ゆる島々も、今は田にうち変りて見るかひなくなりにたれば、殊更に訪ひ来る人もなく、この塩越の里人は業《なり》に離れて歎《なげき》し、はた遠近の風流士等は名所《などころ》のうせしを口惜しきことに思ひて、財惜しまず繕《つくろ》はばかくのみはあらじを、国の司《つかさ》のふくつけき(1)によりてなりなどそしらはしげにいへあへるを、一わたりは誰もことわりと思ひしかど、かへ(2)さへ思へばしかにはあらで、田となるべきを田とせし国の司は神の御心にまつ(3)ろひて直く、そを争ひてもとに返さまくほりする人の心どもは皆私にてひがあり。すべて昔より今に至るまで、山はくえて(4)海となり、海はかへりて陸《くぬが》となれること、ここのみにしもあらず。それ皆神達の御心なれば、山とならば樹生ふし、海とならば魚《いを》あさり、陸《くぬが》とならば米《よね》粟作りて人養はん、いともいともめで

---

(3)　もとへ返って。

[104]

(1)　欲深い。

(2)　くりかえして考えてみると。

(3)　従って、順応して。

(4)　崩れて。

たきわざになん。何くれのことも失ひてあながちに歎き、得しとて末かけて喜ぶもともに愚かなる心なりかし。*豊岡姫の御社を拝みまつりて、

時しあれば　海にも稲は　茂るなり　こや豊岡の　御魂なるらん

豊岡、とようけ、とゆけ、皆同じ御事にて、専《もは》らとは田なつ物守らせ給ふ御魂におはして、かけまくもかしこき伊勢の外《と》一宮に鎮《しづ》もりませるなりけり。さればここの田となれる、さる由《よし》ある事にこそあらめ。かくて思ふに、

海の田と　なるもことわり　久方の　天のます人　数しまされば

そのかみ*干満珠寺の法師等に与へし、

清き海の　田と濁るをも　歎くなよ　満干《みちひ》てふ名の　寺に住みては

上のくだりは塩越の旅屋に帰り、かすかなる灯のもとにて目は垂らひつつうちつけに書いつけしかば、ひが事多からんかし。

○三日　本庄　この日平沢より雨風はげしうしとどに濡れて宿りに着く。

旅行けば　ただにもあらぬ　我が袖を　いやますますに　濡らす雨かな

○四日　ゆくままに海の向ひに小鹿の島見ゆ。

うち見れば　まづ哀れなり　秋の野に　これや妻とふ　小鹿の島かも

遥かに聞きわたりしを今日しも見るがあはれなるなり。また鳥海を顧みて、

ゆくままに　嶺の姿は　変れども　雪に跡ある　鳥の海《み》の山

この夜新屋に泊りて、

明日のため　音を残さずて　ほととぎす　こよひ語らへ　旅の寝語を

○五日朝とく久保田に着く。この間《あはひ》ただ一里なり。ここにて暑さ過ぐせと、い

106

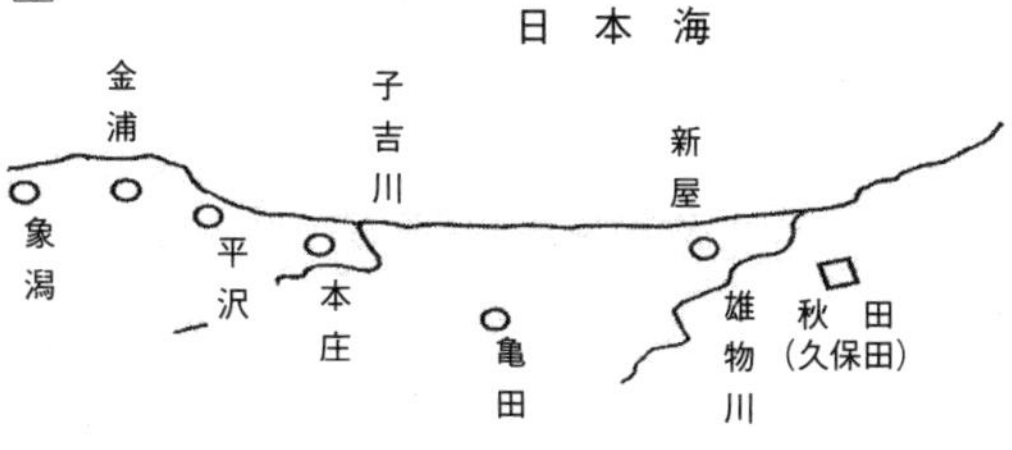

と懇《ねもごろ》にいふ人ありしかば、うち頼みつつ留まりしに、心にはさも思はずやありけむ、程ふるまで旅屋にすておき、はたそこは馬宿す家にてもの騒がしければ、静けき方にうつろはまく思へど、知らぬ国なれば心とはえせず。留めし人はた事にも思はぬは心なしといふべし。さる間におのづから知る人出来て、二十四日湛照*が庵につどひて題よみす。月前郭公、五月雨久といふ二つをおのおの詠む。

し*た待ちし　寝ざめの窓の　郭公《ほととぎす》　月の光や　声さそふらん

鳴きすてて　ゆくか高天の　郭公　姿は峯の　月にゆづりて

***鳰鳥《にほどり》の　葛飾早稲《かつしかわせ》も　時すぎて　にへ遅げなる　さみだれの空**

日を経ては　室の八島の　煙さえ　空にあとなき　さみだれのころ

からうじて二十八日の日湛照□□等が心しらひ*にて西村某が家にうつろふ。ここはやや静けくていささか心おちゐたりとやいはむ。

○六月二日　□□が家にて兼題　水鶏《くいな》

人訪はぬ　宿と知る知る　嬉しきは　夜半の戸たたく　水鶏《くいな》なりけり

手もすまに(1)　たたく水鶏は　我が宿も　待つ人ありと　思ふなるらし

水鶏だに　おとづれざらば　わび人の　ねざめを何に　慰めなまし

同席　当座　雨後夏月　忘る　忘れず

五月雨の　はるる待つ間は　ほどなきを　やがて傾ふく　山の端の月

いつはとは　わかねど夏や　まさりなむ　夕立過ぎし　松の上の月

み空ゆく　月さへ雨や　洗ふらむ　はれて涼しき　夏の夜の影

わがために　つらき心は　おきながら　忘るを人の　なに恨むらむ

つれもなき(2)　人の心や　住のえの　峯に生ふてふ　草となるらむ

107

(1)　休まず。

(2)　無情な。

わびぬれば　しひてぞ拾ふ　忘れ貝　さすがに袖は　濡るるものから
かからずば　いかにかせまし　憂き人の　心をさへに　忘る夜はなし
今しはと　思ふものから　忘れぬは　わが身にうとき　心なるらし
古の　野中の清水　くまぬ身も　もとの心ぞ　忘れかねつる

そこに山鳩を篭にこめて飼ひおきけるが、声絶えず鳴くをあはれびて

山鳩は　やまず鳴くとも　篭《こ》の中《うち》に　妻呼び来さす　よしはあらじな

また身に思ひくらべつつかくなん。

おろかにも　篭《こ》に鳴く鳥か　世の中は　出でても同じ　*うさと知らずて

かう物ごとにあはれなるも身の衰へしにやあらむ。

108

なほざりに　鳴くなる鳥の　声にさへ　涙を誘《さそ》ふ　老の身ぞ憂《う》き

あるじ方の男出で来て、富士の絵かきて、それに歌詠めといへど、歌にも倦《う》み酒にも酔ひ困《こう》じぬれば、明日にもといなめど、なほ責めつれば、しぶしぶ筆とりてかく。

***塵ひぢの　なれる物ぞと　人はいへど　我はうべなはず(1)　富士の山はも**

○二十八日　*大悲寺を訪ひしに、*あるじも一物なりければ、酒取り出でもてなししその折の歌。床のかけぢに添泉月入瓶とあり、すなはち、

夏の夜は　むすぶ袖にも　影とめて　月おもしろき　宿の真清水

夕日さし入りぬとて東向のつぼねにうつり来、そこに楢《なら》の木立てり。

まだ残る　日数に夏は　ありながら　秋風そよぐ　楢の葉がしは

---

(1) 承知しない。

暮れはてながらまだいと暑きも、後頼みある心地して、(2)なかなかにおかし。

暮れはてて　嵐待つ間の　まとゐには　暑さぞ夏の　命なりける

更けゆくままに風の音虫の声もいとあはれに聞こゆ。

思ふべき　人なき身にも　秋といへば　など故郷の　しのばれぬらん

この国は花に色もなく、魚《いを》に味なく、人に情しなければ、いとど故郷のみ思ひ出られしなり。

○二十九日　応供寺*の会。

六月祓

みそぎ川　淵瀬過ぎゆく　大ぬさの　とまりや秋の　初めなるらん

みそぎする　河瀬の荻《おぎ》の　末葉より　おとづれわたる　秋の初風

---

(2)　かえって、おもしろい。

109

初秋風

色はなほ　ありしながらに　秋風を　まづ知るものは　木の葉なりけり

わが袖に　金風《あきかぜ》吹きく　かりがねも　今やこと世を　立ちそめぬらん

吹く風に　心もあらしを　秋といへば　などうちつけに　悲しかるらむ

遠恋

思ひやる　心ひとつの　通ひ路も　日や暮れぬらん　中空にして

海山も　通ふ心は　さはらねど　いも知るらめや　目にし見えねば

このかみ庭の笹葉に置ける露いと冷やかに見ゆ。

六月《みなつき》の　照る日の影も　夕づけば　やがて露おく　庭の玉笹

○七月朔日

草枕　いつともわかぬ　旅ながら　今一しほの　秋の空かな

○三日の日　雨風激しう心細さやるかたなし。

風に思ひ　雨にぞしのぶ　故郷も　かくこそ秋は　悲しかるらめ

夕つがた空うちながめつつたなばたつめの心を思ひて、

手を折りて　君待つ頃は　あまの川　年のわたりの　恋はものかは

この頃市に買ひ得し朝顔の日にそへて衰へゆくを、身のたぐひに思ひよそへられて、つれづれとながめをりしに、まどろむともなく人来て言ひけらく「まだ夜をこめし心、また昼夕をかけてこの花を詠め」といふと見ておどろきて、すなはち、

ねざめする　老の枕の　露そひて　*まだきより咲く　朝顔の花

あかねさす　光にうとき　わが宿は　露の乾《ひ》るにも　咲ける朝顔

谷深き　霧のまがきの　朝顔は　夕影にこそ　色も見えけれ

○六日の日　上野にまとゐして人々の詠めるついでに、

秋の夜の　長してふ名は　たなばたの　明くる待つ間の　今宵なりけり

神代より　今日と契りし　なかならば　嬉しかるべき　夕暮の空

庭の萩の花をみるにも、やがて故郷のみ思ひ出られて、

雨に濡れし　小萩が上の　露見ても　まづ恋しきは　故郷《ふるさと》の空

同じ折、人の摘みすさびし常夏《とこなつ》の花を見て、

明日ならば　嬉しかるべき　とこなつを　誰しか今宵　つみをはしけん

○七日の日

　風によせて彦星の心を詠める。

わぎもこも　待ちわびぬらし　天の川　川風立ちぬ　舟よそひせよ

秋風よ　天の川原に　こよひ立ち　霧吹き払へ　舟出はやせむ

七夕後朝贈答消息

昔より馴れ来《こ》し今朝の別れながら今年の殊にわびしさも身の歎きはさるものにて、

久方の　天の川原の　川風も　今朝こそ君が　身にはしみなめ

と思ふもなかなかなる思ひやりにもこそと書きて、人の手向けし梶《かぢ》の葉に結びつけつつ、これが露落ちぬ間にとて、殊更に翅《つばさ》とき鵲《かささぎ》*をはやちに乗せてつかはせしかば、

たなつめ（織女星）の返し、

承はりぬ。おしはからせ給ふもしるく、今朝の心まどひには何事もわくかたなう、いらへまゐらせむ言の葉も覚えずながら、なかなかなる思ひやりとのたまはせしこそまたなかなかに浅き御心にはあれ。さては来む年の御頼めさへおぼつかなくとなむとて、楓《かへで》の初紅葉につけたり。かかる中*らひの御ささめごと*をこの国にさへもらしぬるは、天のさ*くめが例の口さがなさなりけらし。

たなばたつめの心をここより空に思ひやるに、

忘れては　今日も河辺に　立ちぞ待つ　昨日の暮の　心ならひに

とぞ言はまほし。

○十一日

武藤*の家の兼題　早秋風

吹く風の　音もさやかに　わかねども　朝けの袖に　秋ぞしるけき

まだ夏に　変る色目は　見えねども　しるきは庭の　萩の朝露

同席　当座　海辺風景　秋夕待恋

心なき　秋のとまやは　秋風も　よきてや吹かむ　まつが浦島

淡路島　このもかのもに　波立ちて　須磨の関路を　秋風ぞ吹く

虫鳴きて　千草ひもとく　夕暮は　恋せぬ身さへ　人ぞ待たるる

待つ人も　なき我さへに　秋といへば　ただにもあらぬ　夕暮の空

つれもなき　人待つ頃の　夕暮を　あやにくに吹く　袖の秋風

おほかたも　わびしかるべき　夕暮に　人待つ秋は　いふかたもなし

夕暮の　袂を問はば　月待ちて　影宿すべき　露と答へむ

○十三日　いと暑き夕暮に大路を見やれば、この里にても亡《な》き魂《たま》迎ふるとて、(1)おのがじし門《かど》並に火立つるを見るにも、なかなかに亡き魂ならばと自ら歎きし昔の人の心さへ今更に思ひやられて、

魂ならぬ　身は今日の日さへ　夕《ゆふべ》さへ　見やりて暮らす　故郷の空

暮れはてて月のいと明きをうちながめて、

113

(1)　めいめい。

いづこにて　月は見やると　今宵こそ　故郷人も　思ひ出づらめ

○十四日の夜、昼より降りし雨の更けてもなお止まず、いと心細くていも寝られぬ折しも、犬の子のいといたう悲しうなくを聞きて、

かれすらも　母恋しとや　雨の夜を　なき明かすらむ　犬の子あはれ

哀れ哀れ、犬の子哀れ。

○十七日　夜中より風騒がしう雨おどろおどろしく降りて、夜の床冷やかなる心地せしより、頭痛《くし》く身もいささかぬるみつれど、旅の習ひはいかがせむとて、常よりはとく起き出でつつ手づから屋の戸引きはなち、夜の物かた寄せなどするにも、身の昔のみ思ひ出られて眺めをりしに、雨はいとど降りまさりて、潦《にはたづみ》に浮かぶうたかたの浮くかとすればすなはち消え、消ゆると見ればまた浮き出るも世の習はしに思ひよそへられて涙とどめがたし。

雨降れば　庭に流るる　水の泡の　つぶさに物ぞ　悲しかりける

○二十日
兼題　伊波能虫
わが宿も　秋萩咲きぬ　紅の　ふりこそ出でめ　野べの鈴虫
色変る　野辺と知る知る　夕されば　誰をまつ虫　鳴きくらすらむ
彦星の　あふ夜は過ぎし　秋の野に　誰がためすだく　はたおりの声
秋の夜を　くさむらごとに　鳴く虫の　涙や野べの　露と置くらむ
村雨は　まだ過ぎはてぬ　武蔵野を　はるる方より　すだく虫の音
同席　当座　朝庭露　夕山霧　久待恋
鳴く虫の　夜の涙を　おきながら　わが物がほの　庭の朝露
寝覚めせし　老の涙を　よすがとや　今朝おきわたす　庭の白露

入日さす　峯は雲居に　残し置きて　ふもと出づらむ　富士の夕霧
山たづの　とおとも今は　絶えにけり　枯れ立つそまの　霧の夕暮
人待つと　月日の行くも　知らぬまに　軒の葎《むぐら》ぞ　とぢまさりける
待ち待ちて　逢ふ夜遥けき　たなばたの　頼みは秋に　かくてふものを

○二十九日　進藤*（の家にて）
　兼題　月照草花
千々に咲く　野もせの草の　露の上を　ひとつに照らす　秋の夜の月
ぬばたまの　夜さへ見よと　照る月の　影やさしとや　染む女郎花《をみなへし》
　同席　当座　庭草　馮明夜恋
ねや近き　いもが垣根に　咲きそめて　とこなつかしき　花の色かな

心せし　庭の千草の　色見れば　野辺には秋も　かひなかるらし

なほざりの　頼めも知らで　惜しかるは　明日の夜までの　命なりけり

これもまた　空頼めにや　なりななむ　明日の夜までの　命知らねば

○八月七日　吉川*（の家にて）

兼題　初雁

秋風は　雁の妻かも　衣手に　寒くし吹けば　今朝鳴きわたる

春霞　立ちいにしそれは　いなをかも　今朝鳴きわたる　早稲田《わさだ》かりがね

入り立ちて　やや肌寒き　秋風は　今朝雁がねも　そらに鳴くなり

○八日

秋懐旧

草葉にも　まして露けき　袂かな　昔は秋も　かからざりしを

前夜当座　水辺萩　遠聞鹿　寄月恋

秋はなほ　浅くもあらじ　影見れば　底にはぎある　山の井の水

萩が花　咲き散る秋は　影宿す　月も色ある　野路の玉河

世のうさを　離れもはてぬ　住みかには　遠くのみ聞く　さをしかの声

吹き送る　山の嵐《あらし》の　なかりせば　そよとも鹿の　声聞かめやは

［終］

○あとがき

○　良寛の妹むら子を調べているときに浮かび上ってきたのがこの日記であった。燕佐久太氏の論文でこの日記にむら子を「あね刀自」と読んでいることを知り、寺泊町の宗門改帖によりむら子が由之の姉であることを究明することができた。

本文はその後三条市加藤重男氏所蔵の原本を拝借して書き写し、原田勘平氏の日記巻によって補正し、詠み易いように漢字を宛てることにした。内容は余暇をみてはすこしずつ調査していた。昨年七月には酒田へ実地踏査に赴き、升田《ますだ》の玉簾滝へも行って見た。酒田図書館で関係の人物について教えて頂いた。

○　由之が北海道へ渡ったと聞いて作った良寛の歌「えぞが島へ　君渡りぬと　ひとつてに　聞くはまことか　えぞが島べへ」も、本書の延長上に浮かんでくるのである。

○　三国や秋田にも調査の手を伸ばしたいのであるが、まだ全然手をつけていない。

○　今は良寛研究家に資料を提供するために刊行することにした。

○　簡単な心覚えは脚注としてつけておいた。

○　将来とも何かと諸賢の御高教をお願いします。

昭和三十六年二月

新潟市内野町六　　　渡　辺　秀　英

橘由之旅程要図

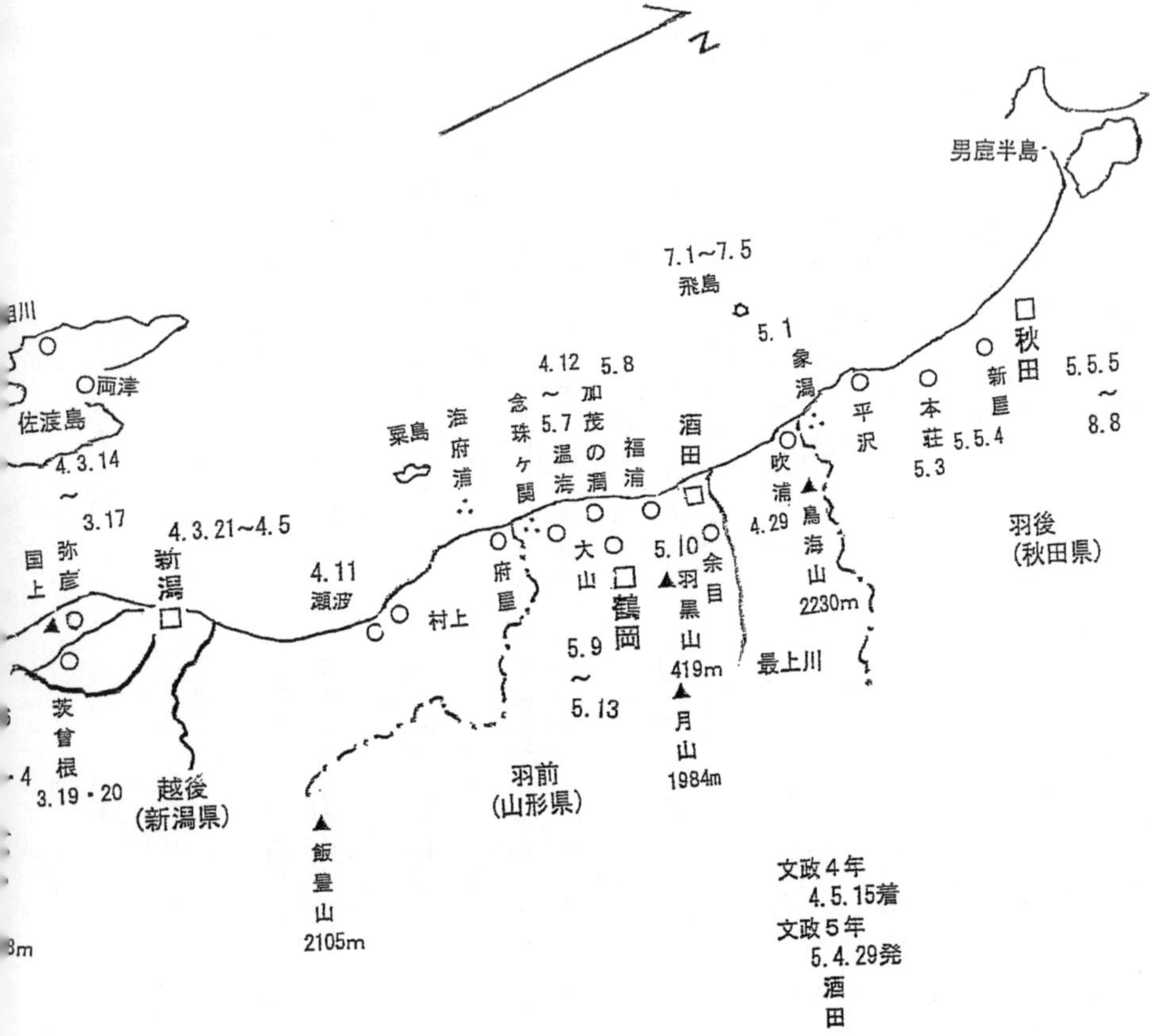

N
男鹿半島
7.1~7.5
飛島
5.1
象潟
秋田
新屋
本荘
平沢
5.5.5 ~ 8.8
5.5.4
5.3
吹浦
4.29
鳥海山
2230m
羽後
(秋田県)
酒田
福浦
加茂の湄
5.8
4.12 ~ 5.7
温海
念珠ケ関
海府浦
粟島
余目
5.10
羽黒山
419m
月山
1984m
最上川
大山
鶴岡
5.9 ~ 5.13
府屋
村上
4.11
瀬波
羽前
(山形県)
飯豊山
2105m
新潟
4.3.21~4.5
越後
(新潟県)
佐渡島
両津
4.3.14 ~ 3.17
弥彦
国上
茨曽根
3.19・20
文政4年
4.5.15着
文政5年
5.4.29発
酒田

文政３年
10.5発
三国
東尋坊
三国
九頭竜川
大聖寺
小松
10.6
越前
(福井県)
白山
2702m
10.8·9
金沢
竹橋
倶利伽羅峠
石動
10.10
高岡
越中
(富山県)
富山
10.11
能登
新湊
水橋
10.12
黒部川
滑川
魚津
舟見
10.13
泊
市振
青海
10.14
立山
3015m
日本海
親不知
糸魚川
能生
10.15
名立
直江津
10.16
柿崎
米山
柏崎
10.17
信濃川
文政３年
10.18
文政４年
4.3.11

頁	行	誤	正
4	5	?	文化十五年
6	11	97	99
9	8	吉崎	𠮷崎
9	10	飛弾	飛騨
9	11	吉崎	𠮷崎
9	注(1)	吉崎	𠮷崎
10	3	なむ、	なむ。
11	地図	矢部川	小矢部川
17	11	おのも	おの
18	4	出る	出る。
36	1	桜山吹	桜・山吹
40	6	温湯	温海
40	15	温海島	温海岳
41	3	温海島	温海岳
43	11	温海島	温海岳
49	10	あるじ	あるじ、
50	3	したり、	したり。
66	7	は	ば
71	1	石田	岩田
71	3	とて	とて、
73	12	物	もの
76	11	法券	法眷
80	15	入口	入日
81	8	出る	出づる
88	2	おご	おごそ
103	9	□	は
107	84	十八	八
111	8	(2)	トル

二　日記の事項解説

1

【三国の浦】

三国湊は、越前国（現在の福井県）の九頭竜川の右岸に位置する。地元では三国浦と呼ばれてきて、戦国時代には、朝倉氏と柴田勝家の支配を受けた。江戸時代に入り、貞享二年（一六八五）に越前国絵図ができた時、三国港として記載し幕府に提出して以来、明治四年（一八七一）に坂井港と改称するまで三国湊と呼ばれた。近世になると、福井藩の領主経済の商品経済化に伴い、北前船の中継基地として発展して、森田家や内田家といった豪商により繁栄を極めてきた。しかし、明治一五年からの商況の衰退と物価の暴落により、三大豪商が倒産した。更に明治三〇年には、小松～福井間に鉄道が開通すると、物流の港町としての機能を失い、漁港への転換を余儀なくされた。

【雲丹】

日本海沿岸に生息しているバフンウニの生殖腺部分を使用し手作るのが「越前造り塩うに」である。越前地方に江戸時代より伝わる製法で、生殖腺部分と塩だけで造り、塩分控えめに仕上げる。日本三大珍味の一つで、越前三国名産品。

【大秀大人】

田中大秀《たなかおおひで》。安永六年（一七七七）飛騨高山の薬種業を営む父の三男として出生。弘化四年（一八四七）没。江戸時代後期の日本の国学者。二一歳にして和歌と国学をひもとき、享和元年（一八〇一）、二三歳のとき伊勢神宮に参拝。その途中、上京の本居宣長を訪問した。即座に入門を果たしそのまま二ヶ月程度、宣長の講釈を受けた。帰郷後まもなくして宣長の訃報に接した。天保から弘化にかけて幾度か隣国 越前を訪問し、橘曙覧をはじめとする多くの門弟を育てた。弘化三年（一八四六）、越前に招かれ、四五年前に宣長から受けた万葉集講釈に自説を交えて講釈した。大秀は、生涯、師である宣長を敬慕し続け、毎年飛騨の地で宣長の追悼会を主催し、独自の国学を発展させた。研究においても、宣長の『古事記伝』の流れを汲み、緻密で博識であったといわれ、特に、中古文学の『竹取物語解』の著作がある。

【住吉の浦】

住吉の浦は、難波の浦とも呼ばれ、大阪の住吉神社の太鼓（反）橋前に拡がっていた。室町時代の物語集『お伽草子《とぎぞうし》』にも出てくる一寸法師が住んでいたとされる。この物語では、一寸法師が「住み慣れし　難波の浦を

立ち出でて　都へ急ぐ　我が心かな」と歌われるように、お椀の舟にのって京都を目指す。

また、能「岩船」は、祝言の曲であるが、この「岩船」の典拠は、万葉集などに見られる天岩船伝説であり、あめのさぐめが宝を積んだ船に乗って、地上に降りてくるという話である。金春流の舞台では、ワキ詞「さる間摂州住吉の浦に。始めて浜の位置を立て。高麗唐土の宝の宝を買ひとるべしとの宣旨に任せ。唯今津の国住吉の浦に下向仕り候。」と謡う。

しかし、橘由之がイメージしたのは、能の作品の一つとして知られる「高砂」のそれである。伊勢物語でも、「われ見ても　久しくなり無　住吉の　岸の姫松　いく代経ぬらん」の歌に返して、住吉明神の御本体が影向《ようごう》させ、美しい月光の下、飄爽と神楽を舞う。こうして、古今和歌集の仮名序が引用され、高砂の松と住吉の松とは、相性に松に寄せて、夫婦愛、夫婦相老の人生を自然のすべてが和歌の道に心を寄せるという。

2

【庸】

内田惣右衛門。名を庸（もちふ）、号を耕斎、屋号を室（むろや）、天明七年（一七八七）～天保六年（一八三五）、享年四九歳。越前三国町に生まれる。遠祖は朝倉家の旧家臣。内田曾平の嫡男にして、三国の廻船問屋内田家六世を嗣ぎ、福井藩の財政を助けた豪商。歌人。藩から秩禄三百石を賜り、郷士として待遇された。また、貧者に銭若干を紙に包んで知られず投入することを楽しみとした。

庸は、内田家の全盛時代に生まれ、土地の実業界を支配する勢力を有しただけでなく、知名の文人墨客を庇護し、文学の保護奨励に尽くしたのみならず、自らこれを試みた。歌道は京都の富士谷御杖に学び、京都・大阪の文人らと交わった。歌集に、『郭公百首《ほととぎすひゃくしゅ》』、『能登の海』、『花月三十六首』などがある。また、庸が首唱した三国神社造営は、社殿神苑の設計・樹木配水の按配・趣向につい

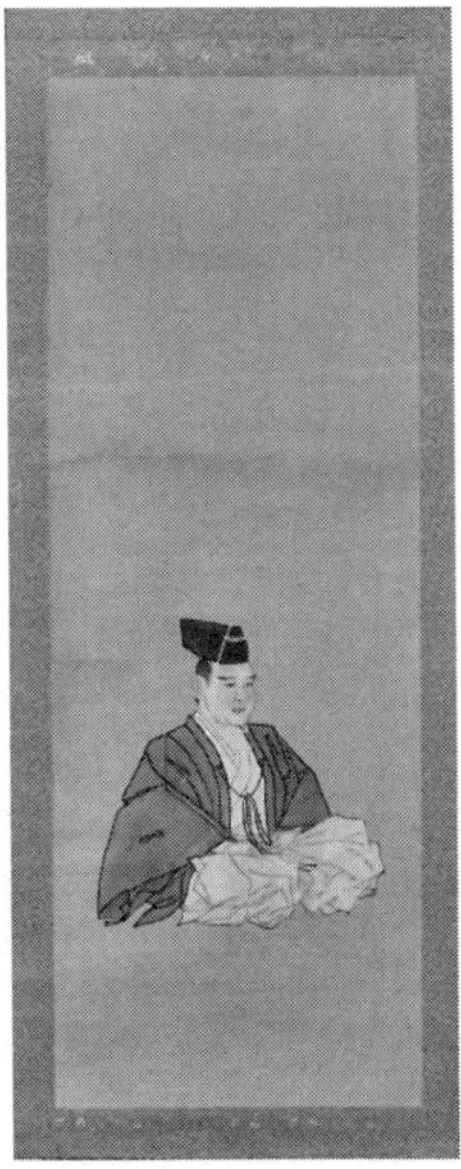

五代内田惣右衛門の肖像画

て、観る者をして古雅・整備を嘆賞止まざるものとした。天保六年病卒の際、町民は慈父を失うが如く、哀悼しないものはなかったという（『国書人名辞典』、第一巻、「国学者伝記集成・続編」『日本人名大事典』、第一巻）。

庸が、六代目の当主であることについては、家督相続の視点から、五代目であるとの指摘がなされている（印牧信明「内田家」）。

3

【芳崎】

越前吉崎（現在の福井県あわら市吉崎）。この地には吉崎《よしざき》御坊《ごぼう》があった。現在は「史跡 吉崎御坊跡」の石碑が立つ。

吉崎は、文明三年（一四七一）の御坊創建から八年後まで存在した吉崎御坊を中心とする城塞都市として寺内町であった。吉崎山（御山）とは、北・西・南の三方を北潟湖に囲まれた天然の要害で小高い丘である。この山の頂に吉崎御坊があった。文明三年（一四七一）、比叡山延暦寺名護の迫害を受けて京から逃れた蓮如が、その頂に北陸における本願寺系真宗の布教拠点として建立した。その後消失や廃坊を重ねた。延享三年（一七四六）、吉崎山のふもとに、御坊跡に向う階段の西側に浄土真宗本願寺派の別院（西御坊）が、翌年の延享四年（一七四七）には東側に真宗大谷派の東別院が建立される。そして、吉崎は、この東西本願寺の別院に続き道路沿いに形成された寺院門前町である（木下・沢田・島田編『北陸道の景観と変貌』古今書院（一九九五年）一三〇頁）。

【大聖寺山】

石川県加賀市にある錦城山《きんじょうざん》。白山を拝める深田久弥の『日本百名山』に出てくるゆかりの山である。秋の紅葉の美しさで錦城山と呼ばれるようになったのは明治以降のこと。そこには四百年におよび入山禁止だった大聖寺城の遺構があり、遊歩道が縦横に整備されている。

【琴の海】

芝山潟、加賀三湖の一つ。

4

【月津の駅《うまや》】

石川県小松市月津。月津の駅は、藩政時代（一七〇〇年代）大聖寺藩南境の「橘の宿」と北境の「月津の宿」は藩の境の駅で「合の宿」と呼ばれ、交通上重要な地点であった。駅には、馬二十二頭がいて旅客及び荷物の運搬を取り扱っていた（『江沼郡誌』）。

【久志の遊び】

久志は串ともいわれ、串村は、石川県能美郡（現在の小松市）串町串茶屋、村松町にあたる。江戸時代の初め、加賀藩と大聖寺藩のちょうど境目にあった串村には、北国街道を行き来する旅人や街道整備の人夫たちを接待するために、その付近で二軒の茶屋が営業を始めた。それが、串の出村「串茶屋」の始まりである。一七世紀中頃には加賀藩内唯一の公認遊郭だった。加賀藩では遊郭禁止の政策を打ち出すこともあったが、串茶屋は一六六〇年に大聖寺藩領に移されたので、以降は大聖寺藩公認の廓として営業が続けられた。最も栄えたのは文化・文政の頃（一九世紀前半）で、二〇軒ほどの茶屋が軒を連ねていた。その頃の串茶屋は、文人墨客が遊ぶ文化サロンといった趣を呈し、北陸街道一の不夜城として賑わっていた。遊女たちは、三味線や胡弓、笛、舞踊などの芸事をはじめ、俳句や和歌、生け花、茶の湯なども習い、その教養と気品は京都の島原さながらだったという（串茶屋民族史料館資料）。

久志の里を過ぎるときの由之の詞がある。

「なこりなき　ものにもあるか　別れ路も　うはの空なる中に契りは」（『鶴のはやし』一三六頁）。

【阿保川】

白山山峰の鈴ヶ岳に源を発し、赤瀬ダムを経て、小松市大野町で郷谷川を合わせる。滓川《かすかみ》、仏大寺川を合流して、平野部に入る。ここから梯川となり更に北上。小松市千代町で鍋谷川を河口近くで前川を合流、「勧進帳」で名高い安宅の関の近くで日本海に注ぐ。下流では安宅川と呼ぶこともある。

【布市】

ぬのいち。石川県野々市では、布の市が開かれていて、これが市名の語源という説もある。もとは富樫郷住吉神社と呼ばれた布市神社は代々謡曲「安宅」のワキ、富樫家の氏神である。この境内に弁慶が富樫氏の館で投げ飛ばしたと伝わる大石「弁慶の力石」なるものがあり、この石は、「雨乞石」とも呼ばれている。

【石動】

越中国旧北陸道の加賀国側の竹橋（津幡）から加賀・越中の国境の倶利伽羅峠を越え、石坂を経て埴生に至る街道に石動はある。

【倶利伽羅】

砺波山は富山県小矢部市と石川県津幡町との間に位置する倶利伽羅山の古称であり、広義には、付近の矢立山、源氏ケ峰、国見山なども含める。古くから交通の要所であり、砺波の関はこの山麓におかれた。寿永二年（一一八三）、木曾で挙兵し勢力を伸ばす木曾義仲と都から侵攻した平維盛の軍が越中と加賀の国境砺波山で戦う。これが、『源平盛衰記』に記された義仲による「火牛の計」で有名な峠の戦いである。

【峠の茶屋】

矢峠茶屋。倶利伽羅峠を通った歴史の人々として有名なのが松尾芭蕉。『奥の細道』には越中路の記述がある。峠の芭蕉塚にある、「義仲の 寝覚の山か 月悲し」の句は、芭蕉が、朝日将軍とうたわれた源（木曾）義仲の末路を涙して詠んだ句である。万葉の歌人であり越中国守として赴任してきた大伴家持は、東大寺の占墾地使僧平栄らを饗し、歓待の歌を「焼太刀を 砺波の関に 明日よりは守部遣り添え 君を溜めむ」と詠んだとされる。

5 【青鈍】

青鈍色《あおにびいろ》。青味を帯びた灰色。浅葱色に青味の混じった色を指すこともある。尼さんなどが用いる色で、凶事や仏教関係の服飾によく見られた色。

6 【水橋の渡】

水橋の渡し。水橋は、富山市を流れる常願寺川の東岸にあって、中央を小出川が流れる。江戸時代には、小出川と常願寺川は、河口で合流していたが、明治になり、度重なる洪水を防ぐため、常願寺川が改修された。

この地には、水橋神社があり、天保九年（一八三八）石黒屋権吉が奉納した「北前船」、嘉永七年（一八五四）の奉納句の額などがある。また、この神社の拝殿にある絵馬には、源義経の海士ヶ瀬の故事が有名である。また、境内には、芭蕉句碑が建立されている。

「あかあかと 陽は難面くも 秋の風」

『奥の細道』の旅で、金沢から小松へ向かう途中に詠まれた句である。この句は水橋浦で詠まれたとされ、水橋神社に句碑が建立された。台座に「青桃祠」と刻まれている。

8 【布那見】

舟見。本陣・脇本陣のあった宿場町。北アルプス中央部を源とする黒部川の扇状地は、昔「黒部十八ケ瀬」といわれたごとく、流水は自由奔放、洪水ごとに、氾濫・移動を繰り返し、いずれが本流か定かでなかったといわれる。愛本橋は古くから黒部川の渡河点として、交通の要地であったが、寛文三年（一六六二）に加賀三代藩主前田綱紀の英断によって初めて架橋された。日本三奇橋の一つとうたわれた刎橋《はねばし》であった。この橋を渡り舟見街道から泊へと進む。

9 【駒返】

名勝「親不知・子不知」は「犬もどり」の「駒返しの難所」と呼ばれ、古来、北陸道浜往来の険難の地として知られる。この「駒返しの難所」は、その昔、聖徳太子が出羽の羽黒山に参る途中、駒を馬子にあずけて、ここから都に返したことから、又、木曽義仲が愛用の名馬もこの北陸の波に進退きわまり、ふるさとの木曽に返したことから、「駒返し」と呼ばれるようになったとも伝えられている。

【歌外波】

うたとなみ、歌集落。ここ外波・歌の集落付近を境として、市振からここまでの天嶮区間が「親不知」ここから先、勝山までの区間が「子不知」と呼ばれている。

10 【浅茅】

まばらに生えたチガヤ。古今集にある恋の歌、

親不知

浅茅生の　小野の篠原　しのぶとも　人知るらめや
言ふ人なしに

【かづき】

潜き。水中にもぐること。

11
【檍木】
あはぎ。「和名抄」によれば、アハキは、檍。『説文解字』にいう、檍《おく》。梓の属である。

【立地蔵・ねまり地蔵】

江戸初期、中山道の追分宿から分岐して、高田まで北国街道が通じていたが、これはやがて佐渡金山への渡海場である出雲崎まで延長された。その結果、柏崎一帯に街道文化が花開いた。その往時を偲ばせる記念物として、柏崎市西本町に「ねまり地蔵」と「立地蔵」がいる。

前者は延命地蔵菩薩で、後者は薬師如来三尊の主尊である。三尊（脇侍に日光・月光）が一石に彫られているので、そろって立地蔵とみてもよい。双方とも、もともと街道の真ん中に鎮座していたのだが、明治天皇の北陸巡幸の際に、現在地に遷座《せんざ》した（柏崎市教育委員会・編集・発行『柏崎市の文化財』（一九八二年）、新潟県石仏の会編『越後・佐渡　石仏の里を歩く』（高志書院、二〇〇二年）。

ねまり地蔵

【法師ばら】

「ばら」とは輩。敬意に欠けた表現。

12
【閨】
ねや。寝室、ねま、ふしど。

【あとはかもなし】

痕跡がない、行方が知れない。

⑭

【蔵経】

大蔵経は、釈迦が説いた教えを記録した仏教の聖典である経典の総結集で一切経とも呼ばれ、経・律・論の三蔵とその注釈から成る。一二三六年（高麗高宗二〇年）にモンゴルが高麗に侵攻し、大邱の符仁寺にあった版木は焼失した。高宗が再び、大蔵経の製作を指示し、巨済島や南海から材木を運びこみ、一五年の歳月をかけて八万枚以上もの版木を彫り上げた。これが、現在に伝わる『再雕本』『高麗八萬大蔵経』である。完成後、ソウルの漢陽（ハニャン）の支天寺に運ばれ、その後、韓国・慶尚南道の伽耶山海印寺に保存された。海印寺で保存されている経板庫は李朝成宗一九年（一四八八）に建設された。世界遺産に登録されている『高麗八萬大蔵経』の版木から印刷された大蔵経は、室町時代に日本にも持ち込まれた。


【大徳】

良寛の友人の三輪左市の姪である維馨尼の師でもある。大徳は、大蔵経を購入しようと発願するものの、購入費用が足りなかった。これを知った維馨尼は、健康を害していながらも浄財を求めに江戸へ托鉢に赴いた。この書簡は良寛が維馨尼を案じて送ったものである。

維聲尼宛
江戸二而
　維聲尼　良寛

君欲求蔵
経　遠離故
園地　吁嗟吾
何道　天寒
自愛
　十二月二十五日　良寛

（碑陰）

茲に萬善維聲禅尼は宗家三輪氏六代の主多仲翁の子女に生れ、其の名をキシと称す。長ずるに及んで山田杢左衛門に嫁す。凡そ五年にして夫の喪に逢い実家に復縁す。後に徳昌二十六世古範和尚の禅室に投じ薙髪して尼となる。折しも師の古範和尚大蔵経請来の意有るを知り、之

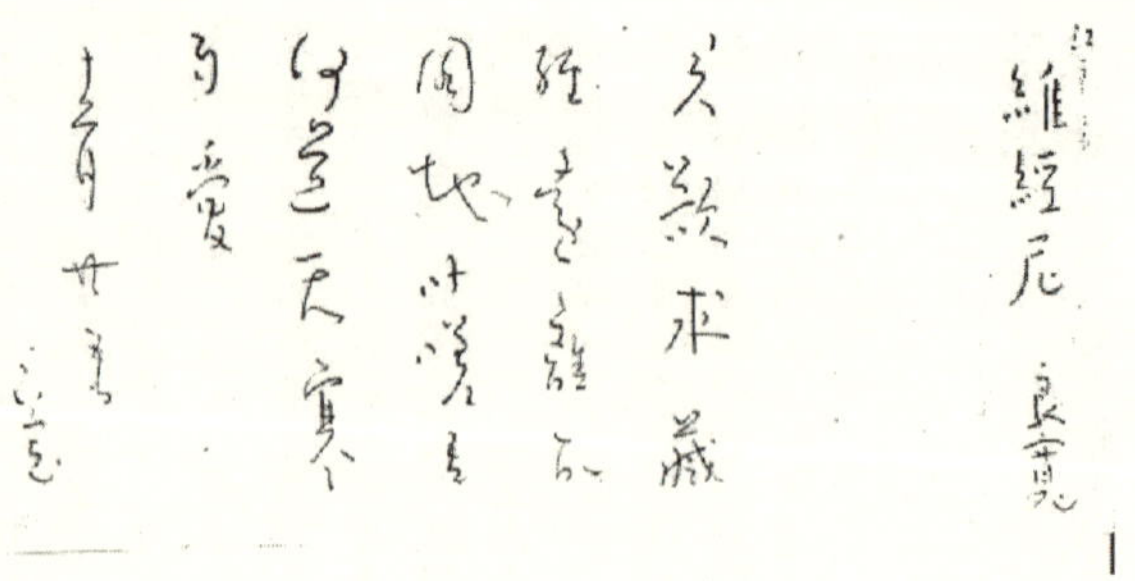

が助縁の為め単身東都に遊んで専ら行乞を修す。

時に漸く寒天の節良寛和尚禅尼が心操を敬歎し遥かに其の労を偲び表記の詩文を題して是に贈る。此に先哲の道情を憶い、其の壮行を留めたく、先年良寛和尚遷化壱百五十年の記念事業として普ねく江湖の芳志に依て燗葛藤を復刻し、併せて此の詩碑を建立して永く其の徳を表せんとす。

法号　徳充軒萬善維聲禅尼　文政五年二月八日円寂　世寿五十八歳。

【なわて】

畷。あぜみち。

15 【青馬】

白馬《あおうま》の節会《せちえ》。宮中の年中行事の一。陰暦正月七日、左右馬寮《めりょう》から白馬を紫宸殿《ししんでん》の庭に引き出し、天覧ののち、群臣に宴を賜った。この日に青馬を見ると年中の邪気が除かれるという中国の故事による。もと青馬を用い、のちには白馬または葦毛《あしげ》の馬を用いたことから、文字は「白馬」と書くようになった。

16 【くだち】

「降《くだ》ち」と書き、時間がすぎる、盛りを過ぎる、衰えゆく、末になるの意。

良寛の歌に、

久堂地遊雲（具）餘爾之安里勢者 有都之美能 己東波乃 有礼志計裳奈之
くだちゆくよにしありせば うつしみの ひとのことばの うれしげもなし

17
【いたづき】
いたつき。労き、病。

18
【すぎにし妹】
過ぎにし妹。由之の妻胥子《やすこ》のこと。出雲崎渡辺家より嫁ぐ。文化七年（一八一〇）五月二日没、四十二歳。

【わぎもこ】
吾妹子、わきもこ、わぎも。

【あまがけり】
「天翔る」とは、霊魂が空を飛び去ること。

19
【賀歌】
ほぎうた、祝歌、寿歌。

【手づつ】
てずつ。下手、不器用。

20
【鶴の林】
由之の著書『鶴のはやし』である。この書（井上桐麿本）には、由之の西国紀行が紹介されている。
歌人の井上桐麿は、写書した由之の歌日記「鶴のはやし」をはじめとして、由之に関する資料を受け継いで、それを式場麻青に貸し与えた。麻青は、雑誌「きさらぎ」において、由之の歌日記の前半部分を発表した。しかし、原本も桐麿本も所在不明となり、日記の後半部分は陽の目を見ることのない《幻の日記》とされ半世紀が経過した。麻青は肺結核で昭和八年（一九三三）に行年五十二歳で死亡したが、「きさらぎ」の廃刊直後、麻青の借り受けていた原典を返却するにあたって、当時女学校を卒業して間もなかった麻青の長女さち子が、二十一歳の時に日記の後半部をノートに写書していたことが判明した

（さち子は、その後二十四歳で死亡した）。由之研究のためにはきわめて貴重なノートである（式場麻青遺稿『良寛をめぐりて』（一九九二年）。

「鶴の林」とは、The wood of a crane であり、釈迦が涅槃《ねはん》に入った沙羅双樹《さらそうじゅ》の林のこと。涅槃のとき、樹の色が鶴の羽のように白く変色したという。涅槃は、ここでは入滅、死。

ちなみに、井上桐磨は、桐齋とも名乗り、三条の庄屋、近代越佐の国学者・歌人。その功績が認められて次に新

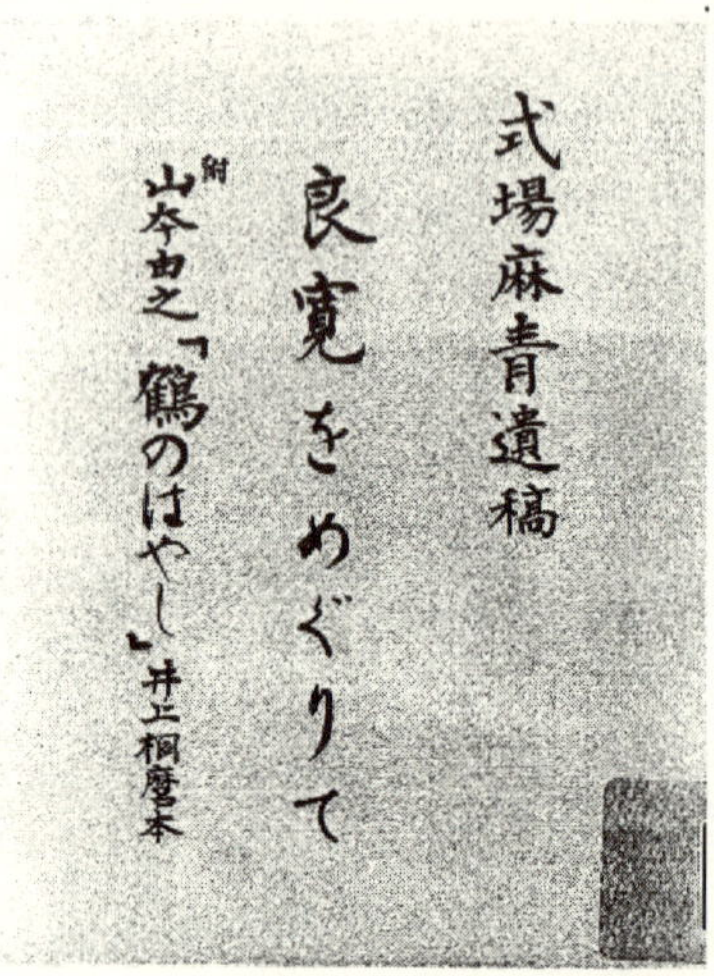

（大阪教育大学付属図書館所蔵）

発田の庄屋となる。良寛を尊敬し、五合庵を何度か訪れる。良寛禅師奇話第二十一話に名前が記載されている。また、天保三年（一八三二）、由之は、桐磨宅に逗留し、私塾倍根堂で『古今集』を講義したとされる。井上桐磨については、帆刈喜久男「井上桐磨　近世越佐の国学者・歌人」『新潟大学国語国文学雑誌』三四号五六～六九頁（一九九一年）、冨沢信明「良寛・由之兄弟と井上桐磨との交流」『新発田郷土史』三五号（二〇〇七年）。

22【向ひの島】

向かいの島とは、九頭竜川と竹田川との合流するところの、汐見町にある三角州である。江戸初期から九頭竜川対岸の新保地区の豪商道実《どうじつ》家の永代拝領の地で、道実島といい、単に島とも呼ばれていた。三国湊最初の橋として下町とを結ぶ汐見橋が文政四年（一八二一）に架けられ、同時に三国湊の新しい土地開発の地となり町づくりが始まり汐見町と名付けられた。

23【山田の某がり】

七日市の庄屋、山田権左衛門のこと。娘「ゆう」が、

文化五年（一八〇八年）、息子の山本泰樹（泰済、馬之助）に嫁いでいる。

【姉刀自】

むら子は、旧寺泊町の庄屋であり廻船問屋で酒造業を営む外山弥惣右衛門に嫁いだ。

【広福寺】

新潟県西蒲原郡弥彦村大字麓六五九〇所在。

24

【小関の千森】

上杉篤興《うえすぎあつおき》、燕市小関の名主。国文学者。良寛や由之と親しく、「良寛歌集（木端集）」を書く。

【玉づさ】

たまずさ、玉梓、玉章。手紙、書簡。

【関根が家】

関根丹治、旧白根市茨曽根。由之の娘佐知子が嫁いだ。

【娘の刀自】

佐和子。

【呼子鳥】

人を呼ぶような鳴き声をすることからそう呼ばれる鳥。カッコウなどを指し、古今伝授の三鳥の一。

25

【石船】

石を運ぶ船。

26

【時鳥】

ほととぎす。カッコウ目・カッコウ科に分類される鳥類の一種。特徴的な鳴き声とウグイスなどに托卵する習性で知られている。日本では古来から様々な文書に登場し、杜鵑、時鳥、子規、不如帰、杜宇、蜀魂、田鵑など、漢字表記や異名が多い。

良寛の歌に、

時鳥 いたくな鳴きそ さらでだに 草の庵は 淋しきものを

時鳥 汝がなく声を なつかしみ この日くらしつ その

山のべに
相連れて 旅かしつらむ 時鳥 合歓の散るまで 声のせざるは

良寛の詞
　子規
烟雨濛濛春巳暮　千峰萬壑望欲迷　子規此夕聲不絶
夜深更移竹林啼

　良寛が三輪佐一の納棺を見送り、「万朶青山杜鵑啼」と書き、杜鵑つまり賤の田長（しずのたおさ）は、冥土から死出の山を越えて現世に飛来する鳥と想っていた。

　天童如浄禅師の言、「杜鵑啼　山竹烈」

【唐菓子】

　唐菓子《とうがし》は、奈良時代に遣唐使が唐から伝来した一連の菓子とその技術を言う。「からくだもの」と呼ぶ事もある。モチ米やウルチ米または麦をこねあげたり、大豆・小豆に塩を少し入れ、油で揚げたものが多い。朝廷の儀式や饗宴の際にも使われた記録があるという。

【うべ】

　宜、諾。もっともであること、本当であること。なるほど、道理で。

28

【武生の国府】

　奈良時代から平安時代初期に成立したと考えられる催馬楽「道の口」によれば、「武生の国府」が謡われている（文三六）。「武生の国府」は、「あひの風」の序。

【瀬波の沖】

　瀬波の渡し。岩船郡旧貝附村を過ぎた国道筋に「峡の渡正跡」の碑があり、次のような古歌が刻まれている。

　越路なる せばの渡しの 朝嵐 昨日も吹いて 今日も吹くなり

　古来から有名なこの歌は、多くの史書にも取りあげられているが、越後野史勢波歌名所考（えちごやしせばうためいしょこう）にも、岩船郡貝附村を、古名勢波《せば》といいしとぞ、土人（土地の人）伝説の古歌あり、とある。せばは、背波と書かれ、瀬波《せば》と書き替えられるようになり、中世には、岩船郡の別名を瀬波郡《せばぐん》といったが、これらはすべて、せばの渡りの「せば」が語源である（『あらかわ歴史散歩』荒川町教育委員会、一九九一年）。近くに笹川流れがある。

29

【由良】

丹後由良。京都府宮津市に現在編入されている由良川の河口付近。由良川は川口からかなり上流まで、川底が深く、福知山や綾部までの船便に便利であった往時、由良湊と由良川は行き交う舟で賑わった。因みに「由良の湊」は、由良川口左岸の商い盛んなところで、森鴎外の「山椒大夫」でも有名な所。

笹川流れ

【曽丹】

曽禰好忠《そねのよしただ》（生没年不明、出自も不詳）は、日本の平安時代中期の異色の歌人である。長く卑官である丹後掾《じょう》を務めたことから曾丹（そたん）とも呼ばれる。百人一首歌は、自選ともいわれる家集「好忠集」中の百首歌の一首で、「こひ十」の第一番歌である。曽丹は、この歌を詠むとき「恋」の心情と「ゆら」という言葉を結びつけて、歌語「ゆら」にこだわり、「ゆら」を二首に詠み込んでいるからである。

ゆらのとを わたるふな人 かぢをたえ 行へもしらぬ
こひのみちかな（四一〇番歌）、
わぎもこが ゆらのたますぢ うちなびき こひしきかた
によれる恋かな（四一一番）（『国歌大観』）

まさに「恋」に陥っている当事者の心の「たま」は、船がゆらゆら揺れているように、「ゆらゆら」「ゆらら」という不安な行為の行く末をも暗示する状態である。

【かはたれ】

黄昏。

【温海島】

温海島は誤記。あつみだけ。あつみ温泉の北東方に位置する標高七三六メートルの山。昭和天皇が「雨けむるみどりの山は しづかにて 庭の山かと 思いけるかも」と詠んだ。

30

【そらみつ】

「やまと」にかかる枕詞。

【湯道権現】

湯花大権現、湯蔵権現、温泉神社。由豆佐売《ゆずさめ》神を祀り東北地方にある温泉神社の中でも最古級の歴史を持っていた。中世は領主である武藤氏が崇敬し、江戸時代に入ると庄内藩主酒井氏から庇護され社殿の再建や改修は藩費により行われた。

【大名持少彦名】

大名持神社は、貞観元年（八五九）に正一位の神階を授けられた神徳崇高な神社とされる。祭神は、大名持御魂神　須勢理比女命　少彦名命である。大名持御魂神とは、大国主命の別名。須勢理比女命は、大名持御魂神の正妻。少彦名命は大名持御魂神と共に、国造りの基礎を築いた神様である。白雉元年（六五〇）の創建と言われ、『縁起式神名帳』にも登載された式内社で、格式の高い神社。

31

【ひもろぎ】

神籬。神道で神社や神棚以外の場所において祭を行う場合、臨時に神を迎えるための依り台となるもの。

34

【十符の菅菰】

十符《とふ》とは、一〇の節のことであり、この菅で編んだ菅菰《すがごも》はきれいな模様が浮き出て珍重されたとのこと。菅は、十符谷近辺の湿地帯に一杯生えていたが、この地のものが歌枕の「代表」となった。

「かの画図にまかせてたどり行ば、おくの細道の山際に十符の菅有。今も年々十符の菅菰を調て国守に献ずと云り」（『奥の細道』）。

36
【羽黒山】
山形県鶴岡市にある、標高四一四メートルの山。この山は、月山、湯殿山と並ぶ出羽三山の一つで、古くから山岳修験の山として知られ、三山を祀る三神合殿や五重塔がある。
芭蕉の『奥の細道』に、
涼しさや　ほの三か月の　羽黒山
また、天宥法印を悼む文、
其玉や 羽黒にかへす 法の月（元禄二年季夏）

【まだき】
夙。その時期にならないのに。

37
【大伴】
大伴旅人《おおとものたびと》のこと。旅人は、神亀四年（七二七）に、太宰帥として、老妻を伴い太宰府に赴任し、山上憶良とともに筑紫歌壇を形成した。

【まへつきみ】
律令官制の侍従。公卿、大夫。大宝令によると、従五位下相当官で、中務省に属するとされた。侍衛官であるため帯剣した。平安時代に蔵人所が設置されてその役割が急速に縮小され、多くは大納言、中納言、参議が兼任するようになる。中世においては、侍従は専ら儀礼を担当することになり、天皇に側近奉仕する官としての色合いが薄れた。

【六帖題】
ろくぢょうだい。歌題のうち、「山」「河」「野」「関」「橋」「海路」の六歌題は、既に指摘されているように歌枕、地名、名所が歌題設定に当って重要な要素を占めている。

39
【鳥海】
鳥海山。山出羽富士とも呼ばれている形県と秋田県に跨る活火山。は、『山形郷土研究叢書第七巻　名勝鳥海山』［七］によれば、『由利郡仁賀保旧記』に万治二年（一六五九）噴火の記事が見えるという。享和元年（一八〇一）の噴火では、溶岩ドームにより新山（享和岳）が生成され、水蒸気爆発による火山弾によって八人の死者を出したと言う。約一五〇年後の、昭和四九年（一九七四）三月に噴煙をあげたことから全山入山禁止となり、『山形縣神社誌』［一］によれば山頂の大物忌神社が火山灰をかぶり、中腹に造営した「中の宮」へ遷座している。

芭蕉は「奥の細道」の中で、「風景一眼の中に尽きて、南に鳥海、天をささえ、其（その）蔭（かげ）うつりて江にあり」として、その美しさを述べている。

40
【文錦堂】
白崎文錦堂《しらさきぶんきんどう》。生年不詳、没年文化八年（一八一一）。山形県酒田市、木彫師。酒田桶屋町に居住して彫刻師を営み、初めて最上川の埋れ木を採取して文具類等の器具を作る。酒田正徳寺に門人建立の碑がある（庄内人名辞典など）。墓碑銘は「白崎度興墓」。

【しかすがに】

そうはいうものの、さすがに。

41
【いな船】
稲舟。刈り取った稲を積んで運ぶ船。「いな船」は、いな（否）、「かろし」にかかる枕詞。
「最上川の　ぼればくだる　稲船の　いなにはあらずこの月ばかり」（『古今和歌集』東歌）

【魯道禅師】

魯道は、寛政三年（一七九一）に平田郷曽根（現時の酒田市漆曽根）大庄屋・岡元善作の三男として出生。七歳の時に、酒田亀ヶ岡の清原寺住職である金龍の弟子となる。一七歳から諸国行脚に出て、二七歳の時に金龍の跡目を継いだ。四一歳のときに新新田の梵照寺の住職に移り、五一歳のときに大本山総持寺の輪番を務めた。魯道は、禅僧にして優れ、歌を詠む風流な和尚であった。能書家戸も知られたが、彼の功績は来遊の国学者を庄内に紹介し、優遇することにより、国学の中心的な役割を果たしたことである。

文政四年（一八二一）、由之が落魄して船場町の廻船問屋・本庄屋三郎兵衛の家に約一年間も逗留した際、彼は親しく交わり旅情を慰めている。


【山がつ】

山賤、漁師、木こりなど山仕事を生業とする身分の低い人。

【伏屋】

小さくて低い家、みすぼらしい家。


【禊】

みそぎ。諸社でおこなう夏越《なごし》の祓《はうえ》の行事。


【いなび】

ことわる、拒否する。


【人々し】

人らしい。


【宇津の山道】

宇津は、山形県西置賜郡小国町宇津。小国新道。米沢から新潟、宇津峠を越える難所を馬車が通れるように整備した新道。

42

【あだし野】

化野、徒野、仇野。京都小倉山の麓。火葬場があった。


【唐猫】

中国から渡来した猫。船来の猫。また、単に猫。

五世紀頃、「リビアヤマネコ」を祖先とする「イエネコ」が、インドより仏教の伝来と共にシルクロードを経て中国に持ち込まれ、ネコはやがて、仏教の教えを説く教典がネズミにかじられないようにとの配慮から、一緒に船に乗せられ、こうして日本へやってきた。

43

【佐保の川】

若草山東麓を走る柳生街道の石切峠付近に発し、若草山北側を回り込むようにして奈良盆地へ出、奈良市街北部を潤す。大和郡山市街付近の額田部で大和川（初瀬川）に注ぐ。佐保川は新大宮駅の西方で大きく直角に曲がり、南下を始める。このあたりは平城京の一部で、佐保川は都の東を流れる青龍として位置づけられた。都市造営にあたり用いられた四神相応の陰陽道の思想で、飛鳥京の飛鳥川、平安京の鴨川などと同様である。


【くづをるる】

くずおれる（頽れる）。衰える、衰弱する、力をなくす。

【神さび】
神さびる。神々しく見える、年功をかさんでいる。ここでは、「古びた」の意。平家物語に、「朱の玉墻神さびて、しめなわのみや残るらん」とある。

【おほよそ人】
普通の人、世間一般の人、常人。

44
【爵の島】
御積島《おしゃくじま》は、山形県酒田市飛島の西方沖約二キロメートルにある島である。ウミネコの繁殖地として、飛島等とともに国の天然記念物「飛島ウミネコ繁殖地」及び、山形県指定飛島鳥獣保護区に指定されている無人島。島内には大きな洞窟が存在し、洞窟内の龍の鱗のような形をした石がキラキラと光輝くため、白龍の鱗紋として信仰され、女人禁制の聖地とされてきた。

【そびら】
背中。

【汀】
みぎわ。陸水に接するところ、なぎさ。

御積島

47

【下ろしこめて】

格子などを下ろして籠もること。

【萱草】

和歌に、「萱草」「忘れ草」と詠まれているのは、ノカンゾウ（野萱草）、ヤブカンゾウ（藪萱草）などである。別名に、ワスレグサ。

飛島

大伴旅人は、大宰府にあって、ふるさとへの慕情を断ち切りたいとの想いを詠んだ（『万葉集』、巻三・三三四）。

萱草　吾紐ニ付　香具山　故去之里乎　〈志〉之為

萱草　わが紐につく　香具山の　旧《ふ》りにし里を　忘れむがため

［37］大伴旅人参照。

48

【きよげに】

外観的に清潔でうつくしいさま。

【配所】

配流《はいる》された場所。

49

【うちつけに】

俄に、気まぐれに、遠慮もなく。

【法木の大神】

八幡神社。

50
【つき草】
月草、鴨跖草《おうせきそう》。ツユクサ（露草）の別名。この花を臼でついて染料とし、衣に摺りつけて縹色《はなだ》（薄藍色）に染めるが、その染色が褪せやすいことから、歌では、人の心の移ろい易いの譬えとして用いられる。

51
【たをやめ】
手弱女。たおやかな女、しなやかな女。

【ささがに】
細蟹。蜘蛛の異称。

52
【鉢叩】
空也念仏をして歩く半俗の僧。唱え。

【許由の心】
許由は中国古代の帝王・堯《ぎょう》の時代の伝説上の高士。逸話によれば、許由は、堯が自分に帝位を譲ろうというのを聞いて汚れた耳を潁川で洗って箕山に隠れた。それを聞き及んだ巣父は、そのような汚れた川の水は飲ませられないと牽いてきた牛にその川の水を飲ませなかった、という。俗世に汚れることを忌み嫌う高潔の隠士の理想の姿を示す故事。

53
【さと】
さっと（颯と）、急に。

【近世畸人伝】
きんせいきじんでん。江戸後期の伝記文学。正編五巻は文章家、歌人である伴蒿蹊《ばんこうけい》著、寛政二年（一七九〇）刊。続編五巻は三熊花顛《みくまかてん》著、伴蒿蹊補、寛政一〇年刊。近世初頭以後、執筆時期までに故人となった畸人（世人に比べて変わっているが人間としてのあり方が天にかなった人の意）約二〇〇の伝記を収める。収載人物は、武士、商人、職人、農民、僧侶、神職、文学者、学者、さらに下僕、婢女、遊女から乞食者などに及び多彩である（『日本大百科全書』）。

54
【鶫渡河原】
この地名は、かって「鶫渡川原」「鶫殿河原」あるいは、「鶫渡河原」とも書かれていたが、現在は、「鶫渡川原」に統一されている。

56
【入相】
いりあい。日の入る頃。夕暮れ。

57
【久米路の橋】
久米の岩橋。行者役小角《えんのおづぬ》が金御獄へ通うために諸鬼神に命じて大和の葛城山《かつらぎ》から吉野の金峰山《きんぷせん》までの久米路に架け渡そうとしたという伝説上の石・岩橋。葛城の一言主神《ひとことぬしのかみ》が醜い容貌を恥じて夜間しか働かなかったために完成しなかったという。和歌では、男女の契りが成就しないことのたとえとされることが多い。[歌枕]

58
【二葉】
双葉葵《ふたばあおい》。ウマノスズクサ科の多年草植物。葵「あふひ」の「ひ」は生命力や神霊を指す。つまり、「ひ」にめぐり、「あふ」ため、縁が語源である。日本を代表する祭である葵祭では、上賀茂神社の神紋である双葉葵が飾られる。徳川家の家紋もこの葉である。

【あくた】
芥。ごみ、ちり、くず。

59
【増田の滝】
玉簾滝。この滝は、日向川の上流に位置する酒田の東北約二十四キロの升田にある。当初は、その滝姿から白糸の滝と呼ばれていたが、滝ノ　中腹に安置されている不動明王の前後に流れる景観から玉簾の滝と呼ばれるようになった。

60
【梵照寺】
山形県酒田市本楯字新田目三五。

【法券】
法眷の誤記。ほうけん、はっけん。同一の仏門を修行

玉簾滝

する仲間。

【上寺】

山形県遊佐町蕨岡にある「大泉坊長屋門」は、天保五年（一八三四）ときの当主四代目竈賢翁が、京に赴き歌道に精進し歌道をもって宮廷にもお仕えしたところから、特に許され創建したものであり、軒の飾りには、菊の家紋が施されている。この蕨岡には、出羽一ノ宮を巡り抗争もあった大物忌神社蕨岡口之宮にお仕えする太夫（坊）様が沢山いる所。

鳥海の麓　長屋門涼し（芭蕉）

61

【碪】

砧《きぬた》は、アイロンのない時代、洗濯した衣類の皺を伸したり柔らかくするために、生乾の布を台に乗せ叩くための棒や槌などの道具、あるいは砧を打つ行為を意味する。世阿弥作といわれる能楽「砧」では、砧は、秋の扇とともに、忘れられた女性の寂しさと、忘れ去った者に対する恨み（情念）を表わすという。俳句の秋の季語としても、「砧」「砧打つ」などが用いられる。

【あがぬし】

吾が主。相手を親しみ、あるいは敬って呼ぶ語。

63
【ねぎし】
祈《ね》ぐ。祈る、祈願する。

【明王】
密教における尊格であり、如来が憤怒をもって衆生を救わんとして、憤怒尊の形をとったものとされる。密教では大乗仏教では否定されていた人間の五感、喜怒哀楽、欲望まで、悟りの為の手段として使おうとした。「明王」はほとんどが忿怒《ふんぬ》の相、憤怒形で、如来、菩薩の説法を聞かず、帰依しない民衆を教えに導く役割を担う教令神《きょうりょうしん》という名で呼ばれる。

【まうと】
参りに来る人。

【後徳大寺殿】
徳大寺《とくだいじ》実定《さねさだ》。平安時代末期から鎌倉時代初期にかけての公卿・歌人。官位は正二位・左大臣で、後徳大寺左大臣と号し、詩歌管弦にも優れ、文才のある教養豊かな文化人であった。
新古三十五番　後徳大寺左大臣
晩霞といふことをよめる
なごの海の　霞の間より　ながむれば　入日をあらふ　おきつしらなみ

64
【たふしの崎】
答《とう》志岬。答志は、手節《たふし》、塔志とも書かれる。三重県答志島《しじま》は鳥羽湾の北東に位置する、この島は、古くは『万葉集』にて、持統天皇の伊勢行幸にあたって都に残った柿本人麻呂により、「釧《くしろ》着く　答志（手節）の崎に　今日もかも　大宮人の玉藻　刈るらむ」（巻一・四一）、と詠まれた地である。朝廷への海産物の献納の地として知られていた。志摩国の国府があったとされ、その跡と思われる大畑遺跡が発見された。

65
【ひづ】
沾づ、漬けづ。ぬれる、水につかる。

【猿田毘子《さるたひこ》】
猿田彦。日本神話で、天照大神の命により「瓊瓊杵尊《ににぎのみこと》」が葦原中国を統治するために高天原から降臨の際、道案内をした神が国津神の猿田毘子であった。中世に至り、天孫降臨の道案内をしたことから、道の神、旅人の神とされるようになり、陰庚申の日にこの神を祀り、同祖神と結びつけられることとなった。

66

【心な】

心無。

【豊葦原】

豊かに葦の生い茂っている原の意。日本国の美称。

68

【とぼそ】

枢、扁。扉または戸。

【岨】

そば、そわ。山の切りきった斜面、がけ、いしやま、岩石の積み重なった山。

【瘧《おこり》】

間欠熱の一つ、マラリア。

69

【筑波山の陰】

万葉時代の都人にとって遥かな東国の果てであった筑波山が、すでに伝説の山であり、一種の名所となっていたといわれる。「筑波の山」は歌枕としてもてはやされ、古今和歌集仮名序が「つくば山にかけて君をねがひ」と、筑波山を代表的な歌枕のひとつに挙げている程である。男山と女山の二つの峰を有する山容と歌垣の連想から、歌人たちは筑波を恋の山として仰いだのである。その、一例として、

筑波嶺の 木のもとごとに たちそよる 春のみ山の 陰を恋ひつつ（橘（宮道）潔興『古今和歌集』）

70

【詩】

唐歌、漢詩。

【皇国風】

御国風《みくにぶり》。日本の風習、文学。

71 【うまの心】
狗馬《くば》の心《こころ》ともいい、自分の誠意の謙称。犬や馬が、主人に対し、恩を忘れず仕えるような、ささやかな心。

73 【水鏡】
『水鏡《みずかがみ》』は、平安時代後期から鎌倉時代初期（一一九五年頃）に成立した歴史物語。『大鏡』の扱う以前の、神武天皇から仁明天皇までの天皇の事跡を編年体で述べている。七三歳の老尼が長谷寺に参籠中の夜、修験者が現れ、不思議な体験を語るのを書き留めたという形式である。

74 【面伏せ】
面目なくて、顔を伏せること、不名誉。

【とこなつの花】
常夏の花。平安時代の日本では、常夏とは植物を指す言葉で、ナデシコ（撫子）のこと。秋の七草の一種として知られているが、正確には、カワラナデシコという種の草である。

カワラナデシコ

万葉集では、二六首「なでしこ」が詠まれている。そのうちの一一首は、大伴の家持であり、女性やや貴人にかかわる者ばかりである。

わが野外《やと》に 蒔きしなでしこ咲きなむ 比《なそ》へつつ見む
（巻八—一四八八）

石竹《なでしこ》の その花にもが 朝《あさ》な朝《さ》な 手に取り持ちて 恋ひぬ日無《な》けむ（巻三—四〇八）

また、常夏とは、『源氏物語』五十四帖の巻名のひとつである。第二六帖。玉鬘《たまかずら》十帖の第五帖。巻名は光源氏と玉鬘が常夏の花（撫子）を唱和した和歌「なでしこの

とこなつかしき 色を見ば もとの垣根を 人や尋ねむ」にちなむ。

由之と交流の深かった、新津の大庄屋の桂家六代で、平田篤胤の門で学んだ誉正・時子の歌稿から、

なでし子の 日ことひことに 色ますは
　さくその森の 露の恵みに
　　　　　　　　　　　誉正

なてし子をいとをしみて
露をたに いとひしものを なてし子の
　花なちらしそ むら雨の空
あわれ知る 見にしあらねと 花さけは
　よそにやは見ぬ 大和なてし子
むら雨の 名こり涼しき 露とめて
　名にはおひせぬ 常夏の花
　　　　　　　　　　　時子

（『良寛の弟　山本由之遺墨集』四八頁（与板教育委員会、平成一五年）。

76
【天の益人】
あまのますひと。「益人」は増えていく人の意、人民。「天の」は、美称。一人前の立派な人。

78
【御杖】
富士《ふじ》谷《たに》御《み》杖《つえ》。明和五年（一七六八）～文政六年（一八二四）。江戸時代中期から後期にかけての国学者。生まれは京都。

筑後国柳河藩立花氏に仕え、漢学を伯父皆川淇園、和歌を日野資枝に学んだ。一二歳のとき父が没し、父の跡をついで国語学を修め、「てにをは」について詳細に研究した。『古事記灯』では、『小古事記』の解釈の不合理であると批判して新しい解釈をした。また、言霊倒語論を提唱して形而上学的歌論書「真言弁《まことのべん》」を著した。

79
【をち】
遠く、遠方、彼方。

【えやは】
どうして……できようか。

【片岨】
かたそ、かたそわ。断崖、懸崖。

80
【ゆはた】
纈、結繪。しぼりぞめ、くくりそめ。

83
【大信寺】
九世建空の室。この寺は酒田市旧寺町通りに所在。浄土真宗本願寺派の寺。檀家には中世から近世にかけて三十六人衆といわれ酒田町組の町政に尽力して功績のあった家が多く名を連ねている名刹である。

85
【ひとく】
人来、鶯の鳴き声の擬声語。

88
【科戸】
「しなと」は風の吹き起こる所の意。罪や汚れを吹き払うという風。

89
【しなつべ】
級長津彦神《しなつひこのかみ》、級長戸辺神《しまとべのかみ》、風をつかさどる神。

【かこつ】
託つ。他のせいにする、口実とする、恨んで言う。

91
【難波の阿闍梨】
契沖のこと。摂津国尼崎（現在の兵庫県尼崎市）で、寛永一七年（一六四〇）出生。契沖は、幼くして大坂今里の妙法寺に学んだ後、高野山で阿闍梨の位を得、畿内を遍歴して高野山に戻る。その後、和泉国の辻森吉行や池田郷の伏屋重賢のもとで、仏典、漢籍や日本の古典を数多く読み、悉曇研究も行った。晩年は摂津国高津《こうづ》の円珠庵で過ごした。
徳川光圀の依頼で『万葉集』を注釈し、『万葉代匠記』を著した。また、定家仮名遣の矛盾に気づき、歴史的に正しい仮名遣いを古典から拾い、分類した『和字正濫抄』を著した。これは「契沖仮名遣」と呼ばれ、実証的古典研究を確立した。

【懸居の大人】
あがたいのうし、賀茂真淵。元禄一〇年（一六九七）～明和六年（一七六九）。遠州浜松（岡部郷）に生れる。神官である岡部政信の三男、江戸中期の国学者、歌人。はじめ浜松の脇本陣梅谷家の入り婿となったが、学問好きがこうじて、三七歳で上京、荷田春満《かだのあずままろ》から国学を学ぶ。春満の没後、四一歳で江戸に出て国学を教授した。真淵は、「契沖先生によって開墾せられた畑に、荷田先生が種を蒔かれた国学を、収穫まで仕上げるのは自分の責任である」と言っていたそうである。延享三年（一七四六）五〇歳のとき田安宗武に仕え、宝暦一〇（一七六〇）隠居。宝暦一三年（一七六三）、真淵が伊勢参宮の途中、松坂の宿に本居宣長が訪れて入門し（「松坂の一夜」）、絶えず文通で真淵の教えを受けることになる。享年七三歳、江戸で死去。
　万葉集を中心に古典を研究、古道（古代歌調・古代精神）の復活を説く。明治になって従三位が追贈され、著書には、『万葉考』・『歌意考』・『国意考』・『冠辞考』・『祝詞考』・『にひまなび』などがある。門下に、本居宣長・荒木田久老・加藤千蔭・村田春海・楫取魚彦《かとりなひこ》・塙保己一らがおり、県居学派と呼ばれる。

95
【しかまに染むる】
褐染《かちぞめ》。褐色《かちいろ》に染めること。また、その色の染物。かちんぞめ。

97
【蒼生】
たみ。多くの人々、人民、あおひとぐさ。蒼氓《そうぼう》。

98
【つぬさはふ】
枕詞、「つぬさはふ」は「角障経」。

102
【ほしか】
干し鰯。鰯を乾燥させた肥料。

103
【ここし】
凝し。岩がごつごつして嶮しい様。

【象潟のくえあと】
くえとは、崩えであり、土屋岩石が崩れること、また、その場所。象潟のくえは、文化元年（一八〇四）六月四日二二時）に発生した、秋田県南部の象潟・金浦海岸の地震と津波と陸地の隆起。この地震では、潰家五五〇〇戸、死者三三三人。津波を伴い、陸地隆起（最大二メートル位）して、象潟湖は干潟となる。
芭蕉が絶世の美女・西施（中国、春秋時代の越王勾践《こうせん》の愛妾）になぞらえ、「松島と並ぶ名勝」と褒め称えた象潟。
象潟や 雨に西施が 合歓の花
汐越や 鶴はぎぬれて 海涼し
その美しい景観は、「象潟地震」により干潟に変わった。芭蕉が象潟を訪れたのは、元禄二年六月頃（一六八九年八月）であり、地震の発生は、それから一〇〇年以上経ってから。

104
【大なゐふりてくぬが地】
象潟は「九十九島、八十八潟」、あるいは「東の松島、西の象潟」と呼ばれたように、かつては松島同様無数の小島が浮かぶ入り江だったが、文化元年（一八〇四）の大地震で干潟に変わった。
象潟地震後の潟跡の開田を実施する本荘藩の政策に対し、蚶満寺の二十四世全栄覚林（仙北郡角館生まれ）は、閑院宮家の権威を背景として九十九島の保存を主張し、開発反対の運動を展開し、文化九年（一八一二）には同家祈願所に列せられている。覚林は、文政元年（一八一八）江戸で捕らえられ、一八二二年、本荘の獄で死去した。

【豊岡姫の御社】
八ッ島明神。

105
【干満珠寺】
「満干てふ名の寺」、かんまんじ、蚶満寺。秋田県にかほ市象潟に所在する曹洞宗の寺院。山号は皇宮山、本尊は釈迦牟尼仏。
古くから文人墨客が訪れた名刹として知られ、元禄二年（一六八九年）には芭蕉が訪れている。
越後長岡藩生まれとされる井上井月の句は、
象潟の 雨なはらしそ 合歓の花
（あるいは、「雨なふらしそ　蝸牛」『井月全集』六四

蚶満寺

頁（増補改訂版四版）（二〇一二年）、宮脇昌三『井月の俳境』（踏青社、一九八七年）一六七頁）。

ちなみに、由之の父以南の句は、

朝霧爾（に）一段飛ぐ（ひく）し　合歓の花

106

【湛照】

秋田市大町の浄土真宗敬相寺の五代。文化文政時代の歌人として知られる。越後蒲原郡野中才村の専念寺の次男で、文化元年（一八〇四）十一代霊応の養子となる。文化七年（一八二〇）退寺（笹尾哲夫『仏教史余滴』（一九七六）一五二頁以下）。

【した】

ない心、密か。

【鳰鳥】

にほどり。かいつぶり。

【心しらひ】

配慮、心遣い。

107

【うさ】

憂さ、ういこと、つらいこと。

108

【塵ひぢ】

塵泥、塵と泥、取るにたりないもの、つまらないもの

【大悲寺】

　臨済宗妙心寺派、秋田県秋田市所在。元々は天台宗で、応永元年（一三九四）に臨済宗に改宗開山し、江戸時代に入り、久保田城築城の時に、大悲寺も現地に移された。藩主である佐竹氏とも関係が深くなり、二代目義隆、九代目義和から寺領二〇石をそれぞれ拝領していた。末寺は八寺を数え、本尊の十一面観音像など多くの寺宝を持つ。秋田三十三観音霊場の第二四番札所。

大悲寺

【あるじ】

　南雄和尚。諱は宜泰、大悲寺一五世の住持。国学にすぐれ、和歌を能くした名僧。文政十一年（一八二八）十一月四十九歳で遷化（笹尾哲雄「歌人橘由之と南雄和尚」『近世秋田の臨済禅』（一九七〇年）四四頁）。

109

【応供寺】

　秋田市所在。臨済宗妙心寺派。布金山と号し、本尊は釈迦如来。開祖は梅津政景。寛政四年（一七九二）四月、この寺の普山・一二世を継いだのが湛然。書道、詩歌、漢詩にすぐれていた。文政一二年（一八二九）七月七日、七二歳で遷化。由之は、秋田の滞在中の文政五年五月二九日にこの寺で会を開いた（笹尾哲雄「書家の湛然和尚」『近世秋田の臨済宗』四二頁。

110

【まだき】

　早い時期。

111 **【はやち】**
疾風。

112 **【中らひ】**
人と人の関係。

【ささめごと】
ひそひそ内緒話（特に、男女間の）。

【さくめ】
策命。昔、中国で、天子が諸侯・卿《けい》・大夫に下した文書。辞令書。古く、日本では、宣命体で書かれた詔勅のこと。明治以後は、三位以上の贈位に際して与えられた宣命をいう。

【武藤の家】
武藤盛達、久保田藩保戸野の藩士で儒者。藩校明徳館の国学教授（笹尾哲雄『仏教史余滴』一三九頁）。

114 **【進藤の家】**
進藤俊武、久保田藩保戸野の藩士。

115 **【吉川の家】**
吉川忠行、久保田藩保戸野の藩士で奉行、御用人などの要職を歴任。私邸に私塾「惟神館」を創設した兵術家。

三　橘由之と良寛禅師

㈠　由之とその家族

越後の国に与板という町がある。井伊二万石の城下町であり、井桁の紋がそれを示している。西には、日本海を隔てる山々があり、信濃川に繋がる運河として利用されている黒川もあり、自然に恵まれた地である。この地こそ、山本由之や良寛禅師の父橘以南《いなん》が生誕した地である。以南の生家は新木という庄屋であり、近郷の十一の庄屋を支配する割元（元締）であり、苗字帯刀を許された士分の家柄であった。以南は、新木家の第九代与右衛門の次男であり、二〇歳で出雲崎の山本（橘）家の婿養子となった（以南は、初めは重内と名乗るが、後に山本新之介、橘左門泰雄《やすたけ》、伊織とも称した。以南は、俳号である）。そして、佐渡相川の橘家山本庄兵衛の長女であり、越後出雲崎の同族の山本新左衛門の養女となったひで（名前については、異説があり、秀子、秀、のぶなど）と婚姻した。

父以南、母のぶとの間には、四男三女に加え、早世した三人が出生した。長男が栄蔵（後に、文孝、良寛）、長女むら子は、その二歳下であり、後に寺泊の回船問屋外山文左衛門に嫁いだ。寺泊は、良寛が棲んだ五合庵のある国上とは一里の程の距離であり、兄はむら子を頼り、むら子も兄の面倒をよく見、世話したと云われるが、六五歳で亡くなっている。

次男が由之であり、良寛よりは、四歳下である。号は、巣守《すもり》または雲浦《うんぽ》、剃髪した後には無花果苑《むかかえん》由之と称している。次女は、たか子、由之よりは、七歳年下であり、出雲崎の高島伊右衛門（伊八郎）に嫁したが、後に由之の家財取上げ所払いの折には、年寄りであった夫伊八郎も役儀取放となり、四四歳で亡くなっている。

三男は、宥澄である。出雲崎の真言宗円明院観如和尚の法弟となり、第一七世を嗣《つ》いだ。長らく大和国長谷寺で仏学を修行して碩学の誉れも高かったが、わずか三一歳で入滅した。字は、観山、神謚を快慶雄命とも云った。

四男は、香である。香（馨）の名は泰信、字は子測、澹斎とも号した。香の生没年は共に不明であるが、三〇歳にも満たずに死亡したと云われる。香の詩に、「夜久しくして牀頭《しょうとう》の灯火小さく、天寒くして机上の硯氷堅し、大兄問ひを発して小兄答へ、季弟言無く低頭して眠る」とあり、大兄良寛と小兄由之が勉学に勤しむときに、自分が眠りについていると謙遜しているが、香は、学才に秀で、京都で禁中学資菅原長親卿の勤学館成学頭にもなった、文章博士となり高辻家の儒官である。禁中での詩会にも列席し、光格天皇が来福寺へ行幸された時には応制《おうせい》の詩を作り、叡感の覚えめでたく徴されて一年余内廷にあったとも云われている。父以南の影響を受けてか勤王の志が厚く、幕府に睨まれる所となり、京都を脱して大阪を放浪して果てた。

三女は、みか子（みか）である。以南夫婦の末子であるが、出雲崎羽黒町浄玄寺の住職大久保智現に嫁し、智現師没後薙髪《ちはつ》して妙現尼と称した。和歌と書にも長じ、歌集二巻を残している（良寛記念館所蔵「たびころも」）。良寛と親しく書簡を交わし、また、良寛と深い繋がりのあった貞心尼とも親交を温めていた。みか子は、嘉永五年（一八五二年）七六歳の天寿を全うした。良寛追慕の詩として、「黒染の君がたもとに摘み入れし　野辺の若菜も形見とぞ見る」がある。

ここで、由之の父以南や兄弟姉妹を取り上げたことには理由がある。由之や良寛禅師の学識の形成には、それを醸成するに足りる家庭環境が整っていたということであり、彼らがそれを可能にする能力を持ち合わせていたと云うことである。確かに、父以南は、名主としてはその職責を遂行するに不適格であったかもしれない。時は江戸時代、政治は贈収賄が常態であった。また、大型の北前船の出現により出雲崎の港もそれに対応することができなくなっていた。出雲崎に近接する尼瀬の京屋との確執が激しくなり、養祖父や養父の死亡した後では、以南には、配下の裏切りと京屋の狡猾な対応もあり、もはや、橘屋の凋落を阻止することは手に負えなくなっていたのである。かくて、五一歳の時、以南は、名主及び神主（石井神社）の職を名主見習役となっていた由之に譲り隠退した。以南は、文芸肌の人柄で俳諧の道に情熱を傾けてきており、「北越蕉風中興の棟梁」とも評価される程であった。橘家は、地元の出雲崎のみならず、美濃派の俳人を多く迎えて歓待してきたのである。以南は、隠居後、山本家の衰凋をも顧みず、悠々と俳諧を楽しみ、俳友と共に、象潟や松島などの地へ旅をしていたと云われる。そして、寛政六年（一七九四年）、以南は、最後の上洛をした。その翌年、一説に由れば、「そめいろの山をしるしに立ておけば　わがなきあとはいつの昔ぞ」との辞世の歌をしたためて、京都桂川に入水自殺したといわれる。しかし、これは勤王の志厚く役人に追われて高野山に逃がれるための見せかけの自殺であるとも、あるいは、また、行き場を失った覚悟の上の自殺であるとする諸説がある。以南の人となりは、「質朴純雅で自ら恭倫にして華飾を喜ばず、人を教ふるに躬行をもってす」と誌されている。奇を衒い、また、媚を売るような人間ではなかったのである。以南が名主であった頃には、橘屋に、多くの文化人が訪れたに相違ない。京の文人である五適杜澂《とちょう》などはその一例に過ぎない。この父が存在し、また、聡明な母が子供達を支えたからこそ、その子供達は学問と文芸の道に秀でることになったのである。

㈡　由之と良寛禅師

1　禅僧としての良寛批判

由之と良寛禅師を語るためには、作家水上勉による良寛批判と再評価、そして、由之批判を取り上げなければならない。水上勉は、昭和三六年『雁の寺』で直木賞に輝いた作家である。

良寛批判は、水上勉により秋田書店から刊行された『良寛　正三　白隠』でなされた。水上勉は、本書の冒頭で、良寛の『草堂集』「乞米」の一遍を引用する。

蕭条三間屋　摧残朽老身
況方玄冬節　辛苦具難陳

啜粥消寒夜　数日遅陽春
不乞斗升米　何以凌此辰
静思無活計　書詩寄故人

さびしさはあばら屋に身を、老いさばらえての侘びずまい、真冬とならば猶のこと、つらしともくるしとも、粥をすすって寒夜をしのぎ、指折りかぞえて春待つばかり、米はいよいよ嚢底に尽き、なかに芋なし野菜なし、考えあぐむも知恵なし、君あわれめよ　この詩見て

冬の五合庵の寂寥はよくわかる。耕さない人に蓄米がないのは道理である。老いさらばえて、とあれば同情もうかぶが、しかし、ここにはなまけものの身勝手な歎《なげ》きはないだろうか。
以上の感慨をおぼえてずいぶん久しいが、この気持ちはじつはいまもかくせないのである。

水上勉は、本書で、「良寛さまは、なにもせずにぶらぶら暮らしたけしきである。子供と手まりつきなどしているうちに日が暮れては、百丈さまから大喝を喰らうなまけものではないのか。」と、気持ちを吐露している。さらに、「いたずらに檀家からのお布施を費して、仏戒の三業を顧みようとしない」と、良寛が、寺院僧としてあるべきことをしてないできわめてけなしたのである。かくれんぼならばゆるされるのであろうか。私は、ここに良寛の乞食三昧の日常こそ、じつは心の痛みの連続ではなかったかと言う発想をとる。あそんで喰う者の弱味から良寛の顔にはいつも翳がさしていなかったか。五月の田植時、秋の収穫期、良寛は野良を修羅として働く、無智の農婦の涙と血汗を、どのような眼で眺めたろうか。ここのところの消息を、彼は多くの文章を書いたのに一言もさしはさんでいない。ただ、のうのうと、次のように歌うのだ。

「きょうはひねもす村々を
あちらこちらに乞食して歩いた。
日が暮れてから山路が遠く
風が身を切るばかりだった
破れた衣はけぶり同然だが
木鉢にますますさびが出てきた
飢えも寒さもなんのその
先輩はみなこの試練を嘗めたのだ。（東郷訳）
（以下略）……」と書いた。

そして、本書『良寛　正三　白隠』出版の一年前の昭和四九年に公にされた『別冊文藝春秋一二八号』初出の「蓑笠の人」（『蓑笠《さりゅう》の人』（文藝春秋、昭和五〇年）所収）では、別の批判がなされていた。越後の蓑笠の人こと、柏崎村の水呑百姓弥三郎と良寛を比較して、良寛に対する厳しい批判が展開されたのである。

まず、弥三郎を簡単に紹介する。弥三郎は、四歳の時従兄、一三歳の時父の死にあい、出家を願い出たが、当時の水呑百姓には、それはかなわないことであった。かろうじて新潟湊の荷夫となったが、折しも湊騒動と呼ばれる一揆が勃発した。凶作の年であり、商人達は、長岡藩から賦課された税の半額の延納を求めたのである。新潟本町の商人湧井藤四郎がその代表として嘆願しようとしたが、何者かの密告があり、湧井は投獄された。ところが、湧井を奪い返すための一揆が再発した。奉行所は、一時は事態を治めるために、湧井を釈放したが、その後、再び一揆の首謀者として彼を投獄、引き廻しの上磔刑とした。水呑百姓でありながら、幼少の時から漢書を学び書もよくした弥三郎は、柿崎騒動に加担した水呑百姓の代表として断罪され、流刑に処せられることとなった。流刑地は、佐渡である。弥三郎は、佐渡金山で水替人夫を二〇年間力《つと》め、文化二年赦免され、出雲崎に着いた。既に四八歳となっていた。帰郷しても、帰農することもかなわず、妻は他家に嫁し、子は行方不明であった。その後、弥三郎が、どこで作男をしたか、どのように放浪したかは定かでない。柿崎の角取村の菩提寺裏の無縁塔の前に来て、そこに生えている百日紅《さるすべり》の幹に寄りかかり、息切れていたという。

水上勉は、弥三郎が飢饉のうちつづく過酷な小作百姓の日常生活と地獄の苦しみに耐えた佐渡の穴ぐらでの二十年間に及ぶ水替労働で、黄色い痰の出る病気と闘っているときに、悟りの境地に到ったと弥三郎を高く評価した。これに対して、良寛はどのようであるか。水上勉は、谷川敏朗の編集した『良寛書簡集』で、良寛が友人、知人に出した書簡を取り上げ、良寛の暮らしぶりについて思い巡らせた。そして、次のように良寛の僧としての無作為を批判する。

「おそらく、良寛は乞食に徹底していたからこそ、晴れた日は、村々を托鉢したに違いない。しかし、雨がつづき、雪が降りつのると、十日も二十日も五合庵にとじこもらねばならなかった。もちろん、多少の貯米や越冬用の味噌や海草類も貯えていたろうが、それも底をつけば無遠慮とも思える手紙を書いて、これを、顔見知りの樵夫《きこり》や野良の人に托して、宛先へ運んでもらったものと想像される。それにしても、不思議な点は、晴れた日も物乞いなら、降っても物乞いであったとは。いささかの労働を提供して、その代償としてもらうのではなかった。かれは、贈ってくれた人に対して、語録も説かねば、説教もしなかった。葬式や法事をつとめたという話は、どの記録にもない。………。」

禅僧でもあった水上勉による良寛批判は、それが小説（絵空事）の世界の叙述であるとはいえ、また、真実を歪めるものであり、やはり不可解きわまりない（松本市壽『野の良寛』未来社、一九八八年、一三二頁以下。『花ありて（子田重次追悼集）』二〇〇二年、一三九頁以下）。良寛は、なるほど種々の物を乞うたのであるとしても、自らが長詩「＊僧伽《そうぎゃ》」で決意表明したことを身をもって実践したのである。良寛によるその肝要な実践活動を知りながら、立亡《りつもう》で死ぬ水呑百姓弥三郎が評価されて、座亡《ざもう》や臥亡《がもう》は評価できないという水上勉の精神を凡そ理解することは困難である。

良寛は、七一歳の天保十一年（一八二八）の三条大地震後に、鑞八《ろうはち》（阿部定珍）と山田杜皐《とこう》宛の書簡で、

「うちつけにしなばしなずてながらへて　か丶るうきめを見るがはびしさ

しかし災難に逢う時節には災難に逢がよく候　死ぬ時期には死ぬがよく候　これハ災難をのがる丶妙法にて候

かしこ」

と読み書いている。良寛は、死に対する諦念と生き続けたいとの情念を有していたので、これを率直に著したものであり、死に方に特別なこだわりを持っていないことがわかる。

2　良寛と非人八助

水上勉により、良寛が無為・無作・徒食の禅僧として厳しい批判にさらされているので、ここでは、小林茂信著『中居重兵衛とらい』（皓星社、一九八七年）に基づき、巷間にも知られている、良寛の「非人八助」という漢詩を取り上げ、良寛がハンセン病患者と深めていた交流の一端を紹介する。

非人八助

金銀官禄還天地
得矢有無本来空
貴賤凡聖同一如
業障輪廻報此身
苦哉領國長橋下
帰去一川流水中
他日知若音相問

波心明月主人公

（金銀官禄、天地に還り　得失有無、本来空なり　貴賤凡聖、同じく一如　業障輪廻《ごうしょうりんね》、此の身に報ゆ　苦しいかな、両国長橋の下　帰り去る、一川流水の中　他日、知音もし相問はば　波心の名月、主人公）

国立療養所栗生楽泉園園長である小林茂信は、この漢詩の第四句「業障輪廻」の文言から非人八助がハンセン病患者であると推定し、さらに、草津温泉街にある八助稲荷大明神が同一人物ではないかとの疑問を持ち、調査をすすめてきたという。

そして、上州の草津温泉にいた八助と江戸にいた良寛には交流があった事が書簡により実証されうる。

暖気之間如何御暮遊候や　此度は酒忝納受仕候　野僧も此程者漸快気仕候

以上

六月廿日　　　良寛

くさつ八助老

この書簡は、良寛が非人八助から酒を贈られた事への礼状である。八助は、草津温泉の「市安」で働いていた。草津温泉の中でも、ハンセン病に有効とされていたのが「御座の湯」であり、その傍らに「市安」があった。八助は、湯治を兼ねてそこで下僕として働いて居たのであり、漢方医上州吾妻郡三原の中居村の黒岩から治療も受けていた。しかし、八助は、ある日忽然として行方不明となった。非人八助は、江戸、両国橋の下にいたのである。

七月十日遭八助於江東

対君君不語
不語意悠哉
道得亦何似
元来衹這是

沙門良寛書

（七月十日八助と江東であふ
君に対して君語らず　語らざる意は悠なるかな
道得てもまた何にか似む　元来唯これのみ）

良寛は、江戸江東にて八助と逢った。そして、らいの病気を再発した八助のために、治らい薬を黒岩に頼んでもいた。しかし、八助は、「非人八助」の詩に記されているように、両国橋の下、川面に屍を浮かばせた。

良寛の八助の死を偲んだ詩がある。

昨日出城肆
乞食西又東
肩痩知嚢重

衣単覚霜濃
旧友何處之
新知稀相逢
行到両國辺
一声聞杜鵑

偲八助
沙門良寛

（昨日肆《にわか》に城を出でて　乞食す西また東　肩は痩せ嚢の重さを知る　衣は一重にして霜の濃きを覚ゆ　旧友何処にか行く　新知相逢ふこと稀なり　行きて両国の辺に到れば　杜鵑《ほととぎす》の一声を聞く）

良寛は、八助の死を黒岩に伝えた。そして、両国橋辺りで八助に逢った夢を詩「夢八助覚後彷彿」も読んでいる。

夢八助覚後彷彿
両國橋辺三逢君　和詩題歌携手行　十字街上不知移刻　行人指笑阿呆陀羅経
十一月四日雪夜作
沙門良寛

（八助を夢み覚めて後彷彿たり。両國橋辺三たび君に逢ふ。詩に和し歌に題し手を携へて行く。十字街上刻の移

るを知らず、行人指さし笑ふ　阿呆陀羅経）

小林信明によるこれらの記述により、良寛が非人八助と交流を暖めていたことを確認することができた。

水上勉は、昭和五八年一月から「中央公論」で連載した「良寛」を『良寛』（中央公論社、昭和五九年）にまとめて刊行した。そして、その書の冒頭では、良寛が出家した徳川為政における曹洞宗のありように眼を向けることから始めている。そこでは、仏教宗派の曹洞宗系寺院が、被差別部落の人々のために「差別戒名」を付けることから初めて、身分の違いによる宗教行事の差別方法を示す、『手引書』めいたものである『禅門曹洞法語全集』が存在していたことに言明している。さらに、良寛の『草堂集』「僧伽」という漢詩文には、良寛の強い意志があらわれているとした。平等であるべき四民に差別戒名をあたえ、階級上位である者から多額の、下位にある者からは相当の布施を得てくらし、自身の修行をわすれていた僧の集団に訣別したいという意思であると述べる。

私は、良寛が「僧伽」に著した決意の誠実な実践者であったと確信する。そして、水上勉はかって絵空事と表現した世界から現実に戻り、良寛に対する評価を明らかに豹変させたことを見て取ることができると思う（「仏教者良寛をめぐって」（特別対談水上勉VS吉本隆明）『良寛』別冊墨第一号（一九八二年）三四頁以下）。

3　良寛と飯売下女

ここでは、良寛の子供達とのあそびと良寛の想いを考えて見ることにする。

水上勉の『良寛　正三　白隠』では、「良寛さまは、なにもせずにぶらぶら暮らしたけしきである。子供と手まりつきなどしているうちに日が暮れては、百丈さまから大喝を喰らうなまけものではないのか。」「さらに、いたずらに檀家からのお布施を費して、仏戒の三業を顧みようとしない、と良寛は、寺院僧を口をきわめてけなしたのである。かくれんぼならばゆるされるのであろうか」と良寛に対して辛辣に批判する記述がある（五三頁）。また、『良寛を歩く』（一九八六年）では、「良寛和尚の生涯の足もとには、娘を売る村があり、その村村は喰うや喰わずの、どん底を這いまわっていた、とわかる。良寛さまは、たくさんの詩歌をのこされたけれど、娘を売らぬと喰ってゆけぬ家のことをよまれた歌や詩はないのだった」とする。水上勉と同趣旨の指摘がある。「飯売下女と良寛さん」を著した永岡利一は、「あの心やさしい良寛に蒲原郡の少女達が遠い他郷の宿場町へ飯売下女として売られて行き、その多くが悲惨に若死にする事への哀惜の歌や詩が一つも見当たらない。良寛は自分のいる村の少女達が次々に売られてゆく事に無関心だったのだろうか。何も感想を記したものがない。歌・詩・墨跡が多く残されている中に見当たらない。良寛の仏道にも限界があった」という（「飯売下女と良寛さん」『上州路』一一三号（一九八四年）、同「越後からの上州飯売下女」『良寛』一三号（一九八八年））。

　私は、水上勉も永岡利一にも、良寛が子供達と遊びながら、何を感じ何を想っていたかについて根本的な誤解があると指摘したい。確かに、永岡が調査してきたように、日光例幣使街道木崎宿には、木崎音頭にも露骨に唄われるように、ドス蒲原で身売りされた多くの娘達が存在したことを知りうる。また、この事実は朽ちはてなんとする木崎の大通寺の墓石などからも確認できるのである。無縁仏にも、いかほどの娘達が葬られているかは知るよしもない。越後では、ひとたび大雨になれば、堰は決壊し田畑は一夜にして泥に埋まる。また、日照り続きがあれば、収穫が皆無になる水呑百姓達。それでも年貢や小作料を免れ得ない百姓。その親孝行をしたのが七、八歳のいたいけない娘達であった。飯売下女としてかもしれないし、越後獅子としてかもしれない。そして、盲の女性は瞽女《ごぜ》となった。

　良寛の托鉢範囲は、ドス蒲原にとどまらなかった。寺泊、出雲崎、巻、地蔵堂などなどである。托鉢の途中、それぞれの地で、子供達、とくに女の子と遊んだ。遊びは、土地により異なるともいわれているが、おはじきであり、手毬であり、かくれんぼであり、闘草であった。良寛は、遊んでいるときに子供達の顔や風貌だけでなく名前も覚えたことであろう。季節のごとに各地を廻って、娘達の置かれた家庭環境を識ることは、さほど難しいことではなく、ごく自然にできたことであろうと推測される。なにせ「君看雙眼色　不語似無憂」と書した良寛である。これが、「手毬」

「おはじき」「かくれんぼ」の核心となる。女の子達と遊びを重ねているうちに、子守をしながら、おはじきをしたり、手毬をする娘達の中で、春先に昨年には遊んだはずの女の子がいなくなることに気が付かないはずがないのである。七、八歳の姉がいなくなり、遊びにつどわない妹もいたことであろう。昼行灯と揶揄された良寛であれ、名主見習いが、百姓達が娘を売らざるをえない貧困さを知らないはずがない。

子供たちの悲しさは、子供達と歌う、楽しいはずの手毬歌にも反映されている。

おせん　おせんや　なぜかみいはぬ
くしがないかや　かがみがないか
くしやかがみは　たくさんあれど
ととさん死なれて　三吉江戸へ
何をたのしみ　かみいほぞ

そして、だれでも聞いたことがある「はないちもんめ」。ドス蒲原にも、親孝行のために女郎として売られてゆく娘達がいたのだ。そして、「花一匁」が遊び歌となる。

勝ってうれしい花いちもんめ
負けて悔しい花いちもんめ
隣のおばさんちょっとおいで
鬼が怖くて行かれません

お釜かぶってちょっとおいで
お釜底抜け行かれません
座布団かぶってちょっとおいで
座布団ぼろぼろ行かれません
あの子が欲しい
あの子じゃわからん
この子が欲しい
この子じゃわからん
相談しましょ
そうしましょ

娘達を取り巻く百姓の家に降り注ぐ度重なる悲惨な現実を目の当たりにして、良寛がこの現実に選択しえたことは、事情を承知している残された純真無垢な子供と遊ぶことだけであった。良寛が地蔵堂村の子持の女乞食を哀れみ、解良叔問宛《じゃくもん》にその女に手紙を持たせて、その村の解良家は生かせて助けようとしたことがある。良寛は、その手紙の中で「貧窮の僧なれば致し方なし」と自らを嘆いているが、これが良寛の処し方であったし、それしかなかったのである」（子供との遊戯を三つの相として論ずるのは、青木基次『乞食僧良寛』―差別に抗した自由人―』（象山社、平成一六年）七五頁以下)）。

水上勉は、良寛の長歌「手毬をよめる」

冬ごもり　春さりくれば
飯乞ふと　草の庵を
立ち出でて　里にい行けば
たまぼこの　道のちまたに
子供らが　今を春べと
手鞠つく　ひふみよいむな
ながつけば　わはうたひ
あがつけば　なはうたひ
つきてうたひて　かすみたつ
長き春日　暮らしつるかも

を引用して、「ひょっとしたらこの長歌のうらで、和尚は、かなしい娘たちの家の事情を百もご承知だったかもしれない。そう思ってくると、これまで何げなくよんできた歌が、もう一つ、深い闇を背後にのぞかせていた気もしてくる。」と結んだ（『良寛を歩く』四五頁）。正鵠を得ていると思う。

良寛は、前述したように、ハンセン病に罹患していた非人八助とも交流し詩を作った。そして、疱瘡《とうそう》（天然痘）により絶命した多くの子供達を詠唱した連作歌がある。いわゆる西郡久吾『沙門良寛全傳』所収の「子を思ひ五首」である（西郡『沙門良寛全傳』五一五頁）。良寛の友である医師の原田鵲斎《せきさい》が四人の子供を相次いで疱瘡で亡くしているが、鵲斎に宛てたこれらの追悼の歌を詠むだけでも、良寛が七年に一度越後の国にやってくるという疱瘡の神の犠牲となった子供達を親に代わって悲しんでいることを確認することができるであろう。良寛は、このような心の持ち

主であった（高橋庄次『手毬つく良寛』二二九頁以下）。その親に代わりて

「去年《こぞ》は痘瘡《いもがさ》にて子供の多にみまかりにたけり。

子を思ひ思ふこころのままならば　その子に何の罪負はせむ
子を思ひ術《すべ》なき時は己《おの》が身を　抓《つ》みて懲《こ》らせどなほ止《や》まずけり
あらたまの年は経《ふ》れども面影の　なほ目の前に見ゆる心か
今よりは思ふまじとは思へども　思ひ出《い》だしてかこちむるかな
思ふまじ思ふまじとは思へども　思ひ出だして袖しぼるなり」

子供達との遊びは、良寛の子供達に対する思いやりばかりではない。良寛は、雪降る五合庵で、孤独に耐え、老いの身に魂を奮い立たせながら春が来るのを待った。「春よ来い」は、子供達のためだけでなく、自分のための祈りでもあった。

庵と自分を閉じ込めていた冬が過ぎて、待ち焦がれていた春が到来した。良寛も喜び、一人でも多く娘たちと再会したいという期待に胸膨らませて、喜びをこのように表現した。

袖裏毬子値千金
謂言好子無等匹
此中意旨知相聞

一二三四五六七

三森九木作　まりつきの絵

燕市分水良寛史料館所蔵

子供らと手毬つきつつ
霞立つ長き春日を暮らしつるかも

(三) 由之の人間性

1 水上勉と式場麻青の評価

水上勉は、昭和五八年頃には良寛に対する当初の批判的評価を豹変させた。少なくとも良寛を好意的に評価する方向に変化したと思われる。では、その弟由之についてはどのようであるか。昭和五八年に中央公論で連載されたものを収録した『良寛』に基づき検討する。

水上勉は、「由之について、もうすこし追跡しておく必要がある。いまは山本家（橘屋）の没落を一身に背負っているからでもあるが、その性情、行実に、以南そっくりの姿が見えるからである。さきに、私は、由之がいくら没落した名主にしても、使用人も多い豪奢な生活をつづけ、馬二頭もっていたと告げておいたが、風流を愛したのは、詩歌よりも、うかれ女どものいる遊里に出没、酒びたりの日々だったのではないか、という想像もされる。出雲崎は港町で、天領だ。佐渡との交通もひんぱんであるから、江戸の客や、佐渡へわたる有名人、商人も滞在した。佐渡巡遣役の川路聖謨《としあきら》が、『島根のすさみ』でのべているが、出雲崎の滞留は風波のしずまるのを待つので長逗留も余儀なくされた。したがって、茶屋や遊里がさかえた。京屋にしても橘屋にしても、接待や送迎に走りまわる日は多い。しぜんと料亭に出入りせねばならぬ。一般町民とちがった役得でもあるが、由之にそういう才があったという証しはないけれど、うかれ女たちの一人や二人に、気をとられる夜もあって不思議はない。名主であるから、女の方からの誘惑もあったろう。没落名主は女にすれば、恰好の相手だ。はめをはずした由之に、良寛が書いたいさめの文章も納得させられる。

寛政十二年には、代官所移転の反対が不備におわっていた。江戸までいって、橘屋が如何に京屋よりも由緒古いかを力説してみたが役に立たなかった。しかも、江戸ぐらしは二百五日かかり、三百両の出費で、町費でまかなった。こんな名主をもった町民は気の毒である。」

水上勉が想像を働かすと、名主時代の由之の性情や行実は、このように表現されている。

確かに、由之は、名主として、とどのつまり尼瀬への代官所移転も阻止できず、町民からの水原奉行所への米代金の私消を理由とする提訴により、一切の家財を取り上げられ、所払いとなった。

とにかく、橘家の由之を取り巻く環境は厳しく、橘家はあっという間に凋落の一途を辿った。幕藩体制を揺るがす勤皇派の登場とその活動、賄賂に縛られた武士による政道、天変地異による飢饉や一揆の多発などの動乱の中で、厭世的な橘家の家族は、純粋に過ぎて到底それらの事態に対応する資質を持ち合わせていなかったと云ってよいであろう。以南の隠居にはじまり、栄蔵こと良寛の突然の出家、若い名主由之を襲った尼瀬の京屋の台頭、以南の放浪の末の自殺、弟馨の謎の早世、由之の妻やすとの死別、奉行所の尼瀬への移転、町民による由之への提訴と家財取上と所払いの処分など、橘家に益となる事は皆無に等しかった。以南、栄蔵そして由之が、世俗に飽いて、詩歌や書の文芸の道に陥ることは運命的なことであった（式場麻青遺稿『良寛をめぐりて』九四頁以下）。由之が隠遁し剃髪するまでの、名主職にあった由之に関する水上勉の分析は一理あるかもしれない。

しかし、由之は、長男馬之助が家督相続した後は、一時期は失意のどん底にいたのかも知れないが、真実に目覚め、急転直下文芸の傾注に到るのである。

由之の詩歌と他者のそれとの優劣を評価する才を私は持ち合わせていない。また、書についても同様である。そこで、由之の詩歌について、式場麻青による評価を紹介することにする。

「山本家は以南、良寛、由之、及びその末弟澹斎などを見渡すと、好学癖、超世間癖、行脚癖と云った様なものが伝統的に流れて居る。痩身長軀の点も、且つどこかしら詩人らしい感傷的な点も、以南から伝統して、此の兄弟達に流れて居たものと思われる。北国人特趣の鈍重味を幼少から持ちながら、作品などに小気のきいた冴えを見せる良寛の或る一面も、たしかに以南からの遺伝だと私は思う。日常生活には由之が寧ろ此の方面の才気を多分に発揮して居たことと思われる。それは由之が六十歳前後頃、彼の文人生活の全盛時代に書いた文章や歌を見ると、枯淡寂寥の色で包もうとつとめながらも包み切れぬ才気をそこに漂わせて居るからである。彼の老後の歌文と相反映して見ても、名主と云う名利権益の境地に居た才人由之、そうした境地に習慣つけられた由之が、急転直下して国学乃至は歌文に全生活を蘇らせて安定に努力する姿態、彼の心頭に去来する憂愁、感慨、良寛とは天分も異なり、経歴脩養も異なり、覚悟も異なるだけ、寧ろ人間苦悩を露骨に見せつけられて、晩年の由之には、その歌文には一抹の愛憐を禁じ得ないものがある。

由之の学殖は申す迄もなく名主在職中、蔵書にも務め読書にも励みして脩養されたもので、それは彼が、晩年旅中に諸種の注釈を著述した際にも、契沖、真淵、宣長などの訓詁に負う事を述べ、或いは昔日在郷の頃それらの註疏を読んだ記憶を主として私見を加える旨などを書いているのでもよく判るのである。古今集、古今六帖、源氏、伊勢の物語などを旅中日記の引例などによく出して居るのを見ても、平安朝文学に特に力を用いた事が想われる。彼の歌も文も、当時の越後詞壇には江戸も春海系統の力が非常に働きかけて居たゝめ、春海千蔭などの風がかなり鮮かに見うけられるのである。」と言及する（「山本由之」九四頁以下）。

2　寂寥感と孤独感――「海に漂う小舟」

由之の歌には、心の内、気持ちが比較的率直に表現されており、彼の心情が容易に伝わってくる。そこで、私は、由之の三国湊から久保田（秋田）に至るまでの旅日記における歌の中から感じうる由之の人間性を幾つか指摘したいと思う。

凡そ、文人が花鳥風月に魅了され、その喜怒哀楽の心情を吐露することは常であり、由之もその例外ではない。しかし、由之の歌は、全体的に、独り身の侘びしさを歎き、孤独感に打ちひしがれて、その心の寂しさを感じさせる。ほととぎすの鳴き声に想いを傾け、雁などにも冷却した心の底にある空虚感を投げかけている。撫子や露草などの植物のみならず、蜘蛛や犬の子そして籠の山鳩まで取り上げて、自分が置かれた身の上をこれらに写してその悲哀さを際立たせている。山本家の当主である山本良一氏が記載するように、由之の歌は、「職・妻・家などすべてを失い、有磯の海に投げ出されて漂う小舟のような気持ち」をあらわしたものといえよう（「由之老を想う」『良寛』四〇号（平成一三年）八頁以下）。以下では、由之の歌の中から数首を再録する。

黄葉、紅葉

着て帰る　身にしあらねば　家づとに　紅葉の錦　あくまでも見む
夜半にせし　時雨《しぐれ》の雨を　今朝見れば　山の端ごとの　錦なりけり
行くままに　紅葉やしほに　見えつるは　北より雁や　染めばしめけん

撫子

露にぬれ　色をも見んと　なかなかに　朝安らかぬ　とこなつの花
紅にゆはた　かさねて咲き匂ふ　こやわぎもこが　常夏の花

ほととぎす（時鳥、郭公、杜鵑）

待ち得てし　おのが五月と　ほととぎす　今朝をちかへり　ここもとに鳴く
明日のため　音を残さずて　ほととぎす　こよひ語らへ　旅の寝語を
あし垣の　ま近きほどを　里わきて　我にはつらき　山ほととぎす

おのが待つ　皐月も来しを　時鳥　などわが宿に　訪れはせぬ

雁

入り立ちて　やや肌寒き　秋風は　今朝雁がねも　そらに鳴くなり
浅茅生も　やけ果てぬれば　雁がねは　今は涙に　何を染むらん

由之は、我が身の寂寥感を籠の中の鳥に託して赤裸々に歌う。

おろかにも　籠に鳴く鳥か　世の中は　出でても同じ　さと知らずて
なおざりに　鳴くなる鳥の　声にさへ　涙を誘ふ　老の身ぞ憂き

「犬の子哀れ」「蜘蛛」「籠の中の山鳥」の日記文と歌も同様である。

「十四日の夜、昼より降りし雨の更けてもなお止まず、いと心細くていも寝られぬ折しも、犬の子いといたう悲しうなくを聞きて、

かれすらも　母恋しとや　雨の夜を　なき明かすらむ　犬の子あはれ

哀れ哀れ、犬の子哀れ。」

「十六日の夕つがた暑さも堪へねば端居して、つぼ前栽を眺め出してつれづれと思へば、浮きたる身にもあるかな、この年頃は所定めず、去年越前にあるかとすれば今年はまたこの出羽にさすらふ。静かなる山住をもせで、かう世にまじらふは、学もなく智もなき身ながらも、詮は名を貪る心のえ捨て難きなるべし。これを譬へば、手の長きをたのむ猿が、計りなき月を取らむと構ふるに似たり。もし千々に一つも取り得たればとて、死にうせん後は何の益かあらんなど思ひ屈したる折しも、まさ木の葉と雞冠木の枝に白糸はへわたしつつ己が身の程にも似ぬ巧なる蜘蛛

の営みを見るにも、あへなき世の有様を思ひて、

夕暮れに　巣かくる蜘蛛の　おこなひも　風吹かぬまの　頼みなりけり

そこに山鳩を籠にこめて飼ひおきけるが、声絶えず鳴くをあはれびて

山鳩は　やまず鳴くとも　籠の中に　妻呼び来さす　よしはあらじな」

良寛も孤独感や寂寥感を松への「あわれ」を歌っている。岩室村田中に立つ松への同情である。

「岩室の　田中に立てる　ひとつ松

ぬれつつ立てり　笠かさましを　ひとつ松あわれ」

一人松は、孤独な自分と同じ境遇にあり、同情、あわれを感じないわけにはいかなかった。良寛の優しさは、濡れている松に笠をかぶせてあげたいという優しさがある。雪降る中に立つ地蔵に蓑笠をかぶせてやりたいとの慈悲深さがある。

由之も、露草に「あわれ」を歌っている。

「観月庵の軒の側に露草いと多かりしを、主人なき間に清めする奴らが、心もなく皆引き抜きて捨てしを惜しみて、

露と呼ぶ　はかなきおのが　名にあひて　根もつき草と　なりにけるかな」

人目のつかない軒にひっそりと咲いていた露草を、根こそぎにされ捨てられてしまった。この草への対応は、今のわが身の置かれた状態と同じであり、世捨て人として放浪している世の中の自分に対するそれである。しかし、この歌には、由之の露草に対するあわれの情があらわされているが、それ以上のものがない。ここが良寛との本質的な違

いである。

旅日記の中で、由之の寂寥感は、妻の回想や孫達への思慕としても歌われている。まず、『草の露』では、老いから来る絶望感に加えて、妻を喪失した悲しみ、そして、故郷にいる孫達に会いたいとの気持ちが素直に書かれ歌われている。由之の人間性の一端が如実に示されているといえよう。

「荒れ風激しき野分も幾十度しのぎ来けんを、この頃の春風にすら志折られて心地わづらひぬ。これなみのいたづきやは何かはと真盛りの昔はあなづり思ひしを、齢の積りにひたぶる心も失せしにやあらむ、いと心細うおぼしければ、

露よりも　げにはかなかる　この世には　何を草葉に　かけて頼まん

とは言ふものの、なほ思へば自らこの世に生まれ来しは憂き目見んとての為にやと思ふ事のみ昔も今も変らずなん。そを免かれて嬉しき世に浮び出むこそいとかたきわざなむめれ。さるにては身の憂さの清う絶えはてざらむかぎりは、命も心に任せじと思ふには辛いものから、かつは頼み所ある心地す。

わが身よに　限はあらじ　うき事の　絶えむを世にて　死なむと思へば

また盛りに苦しかりし夜、夢うつつともなく早う亡せにし人の名を声うちあげて呼ばひつ。自らその声に驚きてためらひ思へば、その人ありし世、かかる折ごとは昼はひねもす夜はよすがら目も合せず身のいたつきも忘れつつみとりしはやと思ふに、今更にいと恋しう悲しくて、

もみぎ葉の　すぎにし妹が　名を呼ぶも　胸のまどひの　まごころぞこは

ありし世の　心ながらに　わぎもこは　あまがけりても　憂はしと見ん」

そして、初孫や外孫に会いたいとの気持ちは、たびたび日記文の中に現れる。

「いかで疾く目のあたり思う事をも問ひきこえ奉らんと、心ばかりは急がれながら、老の身にこごしき山路をばすがすがしうもえ思ひ侍らぬ中に、故郷の孫等の見まほしう、はた松島の雪の景色も一度はと、この程あながちに三国の浦を旅立ちはべりぬ。命だに堪へ侍らば、二年三年の程には必ず訪ひまゐらせんとするを、思し捨てずば数なら名をも聞こし置き給へぬ。またこの雲丹はおかしきすじの物ならねど、史奉るしるしに侍り。これに物なきはさうざうしきは古人もいへるにならひてなん。」

「滑川より富山に通ふ魚商人の帰さに行きつれつつ、従者と三人声を力に辛くして水橋の渡に至りて舟に乗るに、月はあれど空かきくれて遠近も見えず。河浪は船の艫舳をうち越して衣を浸し、渦巻き行く水のおとなひは魂を冷しつつ、今ただ今この船うち返されなむ。惜しからぬ身ながら、横さまなるようにて死なん命は悲しうて、これ事なく向ひの岸に着かしめて、故郷の孫らをもいま一度見せ給へとて、目は塞ぎつつ神達を祈りまつるほかなし。かくして暫のほどに舟平らかに着きぬと聞くもただ夢の心地して、人より先に飛び下りつつ水橋の駅に宿りとり、火にあたり湯飲みなどして後静かに思ふに、稀有にして今宵の命生きつることは、ただ神達の大恵なりけりと、いと尊くて、天を仰ぎ地ををろがみてぬ。

十八日　今日も雨風騒がしけれど、家に入りなむ嬉しさに事にも思はで暮れはてて着きぬ。さるは思ひしにもまさりて荒れはてつれど、皆幸くて待ち喜び、かつ孫の数そはりて、走りまつはれるを見れば、何の物思ひかあらむ。

ふる里と　荒れしものから　庭もせに　小松のかげぞ　生ひしげりける」

「昼つかた舟はてて関根が家に到れば、家の人々娘の刀自は言ふもさらなり、外孫等も嬉しと思へる中に、まだ知らざりしが、今は揚巻にてあるを見るにも、中絶へて年経しほどをも思ひ知らる。」

「十八日　今日も雨風騒がしけれど、家に入りなむ嬉しさに事にも思はで暮れはてて着きぬ。さるは思ひしにもまさりて荒れはてつれど、皆幸（さき）くて待ち喜び、かつ孫（うまご）の数そはりて、走りまつはれるを見れば、何の物思ひかあらむ」

由之の人間性は、年を追う毎に、他者の労苦、思いやりや愛情を高めており、率直に評価できるように形成されていたことを見てとれるであろう。ただし、由之は、自ら、このような行為をして他者を喜ばせることをなかなかしなかった。雪解け水に堪えて、由之が芹を取る気持ちが芽生えたとしたら、彼の気持ちにも新しい寛容性と包容力、弱者への理解などが育ったと思われてならない。ここが由之が置かれた環境での限界であったかもしれない。

由之がある人の家を訪問したときに、雪深い越後で、雪の下にある沢田から芹を青物として出された時の日記に、
「十日あまり五日てふ日、人のもとまかれりけるに、氷を穿ちし沢田の芹、雪間につめる野べのよめな、ふと取合はせて青物に出せるを見て、
雪消えぬ　越のならひと　きさらぎの　もちに若葉の　色をこそ見れ」

そして、文政一二年の春には、良寛が塩入峠を越えて来てくれた由之に若菜を摘んでもてなしたのである。
「非散可當能由幾　計能美都耳奴　礼尓門々者留能毛乃　東轉門美天起尓　氣利
（久方の雪消《ゆきげ》の水に濡れにつつ　春のものとて摘みて来にけり）」
由之はこれに答えて
「王我太女止幾美可　門三天之波門和可奈　見連婆雪間耳　者留曽志良留々
（我がためと君が摘みてし初若菜　見れば雲間に春ぞ知らるる）」

以上見てきたことをまとめると、由之の日記文や歌の多くには、やはり寂寥感と孤独感が底流にあり、極めて感傷的で、悲観的である。「涙もろくて」「愚痴っぽい」に過ぎるのである。しかし、式場は、「由之は伝記には「性磊落」と書かれ、鈴木文台には「此人豪奢不羈」と評されて」いるが、……由之においても、決して作品からは、磊落の性格とは見られないとする」(『良寛をめぐりて』一〇〇頁)。

3　民を卑下する心根――「賤」

由之の性格は、磊落や豪奢不羈とはいえないが、百姓達から強い反感を買っていたにちがいないことも容易に確認する事ができる。由之が、文化七年に敗訴した訴訟で、その詳細書には、実に一五年前の寛政二年からの金銭問題も記載されている。訴状は、極めて感情的で、「名主左衛門奢り増長」、「権威振舞」、「無謂金子割懸」、「乗馬二馬も飼置」とか、さらには「御武家様の如く」とか「右様の者名主致居候ては」という文言が並んでいる。訴訟において百姓達にこのように書かしめた要因は、単に税の賦課やその徴収の取り扱いにあっただけではない。由之は、良寛とは異なり、百姓を含めた四民を、そもそも平等であると思っておらず、むしろ百姓達を卑下していたのである。百姓達が、由之の言説を聞きまた振る舞いを見て、それを感じなかったはずがなかろう。そして、機会があれば、由之の首すら討ち取りたいと念じていたかも知れない。無論、あり得ない事であるが。

由之が民を卑下していることを端的に示すのが、「賤《しず》」の呼称である。彼は、百姓たちを「賤《しず》」と呼び蔑視していた。差別された小作人、非人、下人の群れは、一年中休みなし必死に働いても、その収穫の大半は年貢や小作料として取り上げられた。一度《ひとたび》、洪水などの天災があれば大根飯を喰っていかなければならない。それが三年も四年も続いて、幼い娘まで身売りしなければならなかった。身売りをさせても、百姓達の禍は終ることがない。痘瘡《とうそう》(天然痘)の流行が追い打ちする。過酷な状況に陥っても名主や庄屋や寺院は支配階級の手先としてさらなる禍をもたらしてきたのである。由之が良寛のように、これらの人々の苦悩を理解できていたならば、また、これらの人々を蔑むことはなく、むしろ同情を持って接し、勤しんでいたならば事情は全く異なっていたことであろう。

日記を見ると、同じ温海温泉の宿に逗留している人々を、由之は、次のように書く。

「二十九日　昼は湯浴みにまぎれつつ、日暮れぬれば灯の前に歌集などくりひろぐるほど、隣の宿は人さはに集まりて酒飲むめり。みなこのほとりの賤《しず》どもなるべし。声だみ詞よこ訛りてその事としもえ分かねど、舌疾にとがりわめくは腹立ちいさかふにやと聞けば、また手うちたたきて笑ふ声いとかまびすし。女もまじりつつさすがになまめく、かたはらいたうおぼゆるもかつわろしかし。」と、空け透けに卑下している。

また、田圃で農作業をしている人々についても、

「田の面赤らみはてて賤《しず》ども男も女もうちまじりつつ刈り乾すに驚かされて、花どものはと立ちながら、また人なき方に集まるを、童ども引抜ひき鳴らすなど絵にぞかかまほしかりし。

秋田刈る　賤がいほりは　むなしくて　立つやかれひの　煙なるらむ

さらに、旅行の途中、浜温海から加茂の潤に行く途中、昼中酒を飲み、脚が思うに任せず、夜中になっても宿が無く、浜の家の人々に宿を願ったが断られた事に腹を立てて、「人のほど知らぬ奴輩は後の世には犬鳥ともこそ生まれめ」と書く。ここには、由之が自己の愚行と蛮行を反省せず、かえって他者を悪く云うわがままさが如実に現れている。

「かくて浜温海より舟雇ひて加茂の潤に入日とともにはてつ。里にあがりて宿求むれど、ここは駅路ならねば、舟人ならでは人宿さず。まいて独人は上におきてもありといひて、一里引き帰りまどひありけど皆同じさまにて、情知れる人一人なもなし。日はただ暮れに暮れはてぬ。いかにせんとわぶるをば舟人さえ哀れと思ひて、いざおはせ、おのが船に一夜ばかりはわびしくも明かし給ひねかし。かう人のほど知らぬ奴輩は後の世には犬鳥ともこそ生まれめ、

など腹立ちいふも、わがためにはいと嬉しうて行きて乗るに、志はしつれど夕餉のさまなどあやしげなり。

㈣　由之と良寛の交流

人生五〇年といわれた江戸時代に、お互い七〇歳を超えて人生を謳歌し合った良寛と由之のふれあいについて略述して本稿を終えることにする。良寛が出家してより、由之は名主として橘屋（山本家）の切り盛りをしなければならなかった。父以南の隠居した後を嗣ぎ、名主と神職を務めたのである。四九歳の時には、妻やすが死亡し、家財取上の上、所払いの処分を受け、由之の新たなる人生が始まった。石地や島崎に隠遁した後で、諸国を流浪し、剃髪出家し、与板に隠棲する。北川省一によれば、この地が良寛の最終駅といわしめたが、由之にとっては身と心のすべての拠り所となった。生涯を通じて、由之と良寛の仲の睦まじさは、栃尾出身の富川潤一画伯による「飲酒の図」からも、また、相互の書簡、さらには、「良寛・由之兄弟歌巻」からも知りうる所である。本書では、二人の交流のうちから、四つをテーマとして取り上げ、書き綴ることにする。

富川潤一　飲酒の図

まず、剃髪して隠居の身になった与板在住の由之に贈った良寛の歌である。家財取上や所払いで、生活が乱れていた由之に、良寛が「人も三十四十を越てはおとろえゆくものなれば　随分御養生可被遊候　太酒飽淫は実に祈りを切る斧なり」と諫める書簡は、巷間にも広く知られているところである。剃髪し隠居の身になった与板在住の由之に、心の拠り所となる歌を書き送った。それは、幼き頃からの兄弟の宝である、母を偲ぶ歌である。良寛は、出家して以来、死に目にも会えなかった敬慕する母とその故郷、佐渡の島を歌ったものである。

たらちねの母がかたみと朝夕に
　佐渡の島べをうち見つるかも

古にかはらぬものはありそみと
　むかひに見ゆる佐渡の島なり

次に、旅日記の随所で書いているように、由之は無類の酒好きである。文政十一年、由之六七歳の正月二七日、由之は雪が降る塩入峠を越えて、島崎の良寛を訪ねた。二、三日で帰る予定であったが、雪が積もり、良寛が帰るのを惜しんだので、由之は、暫く止まることにした。二月四日の朝、二人が「共に茶すりて物がたりせしついでに」、次の歌を詠み合ったという。

きさらぎに雪の隙なくふることは
　たまく来ますきみやらじとか　　良寛

わがためにやらじとて降雪ならば
　なにかいとはむ春はすぐ　　由之

「与由之飲酒楽甚」
兄弟相逢処
共是白眉垂
且喜大平世
日日酔如痴
良寛

しな雪をまゆにつむまではらからが
　　のむうま酒も御代のたまもの
　　　　　　　　　　　　　　由之

良寛・由之の兄弟歌巻には、この上の無い交情が現れていると思う。兄弟姉妹間に愛のぬくもりを感じるのであるが、中でもこの歌巻は、良寛と由之が亡き父を偲んで風雅の会を開き、和歌を唱和し、それを書き合ったものである。この絵巻には、父以南の俳句の他に、和歌が二七首が書かれている。書かれた時期は、良寛最晩年七二歳頃と推定されている。

良寛は、歌う。

ひさかたの　ゆきげのみづに　ぬれにつゝ　はるのものとて　つみてきにけり
はるのゝ　わかなつむとて　しほのりの　さかのこなたに　このひくらしつ

良寛は、塩入峠を越えて訪ねてくる由之のために、冷たい雪解け水に堪えて春の若菜、芹を摘んで来て、由之の到着を待つのである。

由之は、そして、この初若菜に答えて歌う。

わがためと　きみがつみてし　はつわかな　見れば雲間に　はるぞしらるゝ
王我《わが》ためときみ可《が》　つ三《み》てしは川《つ》わ可《か》な

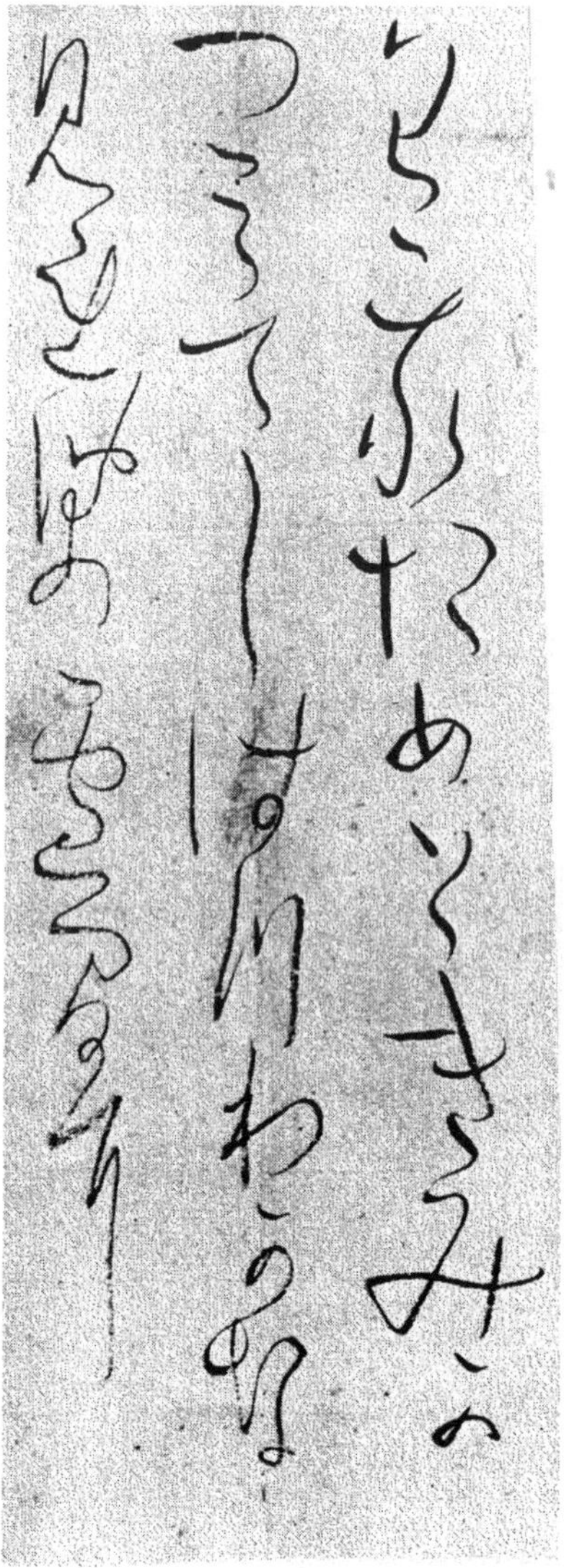

見連《れ》婆《ば》雪間耳《に》　者《は》るぞ志《し》ら留《る》々

最後に、良寛示寂の直前の交情を見ることにする。天保元年一二月二四日、由之に良寛の危篤の報せが届いた。由之は、塩入峠の雪ゆえに道なき道を凌いで、良寛のもとに駆けつけた。これが、その時の歌である。

心なき物にもあるかしら雪は
　君がくる日にふるべき物か
　　良寛

白雪は降にふるともますらをの
　思ふ心は降もうづめじ
　　　　　　　　　由之

別に由之へ贈った歌は、

さすの竹の君と相見てかたらへば
　この世に何かおもひのこさむ

年明けて、天保二年一月六日、良寛は由之に看取られて示寂した。弟由之に会ったことで、良寛にはもう思い残すことは、何もなかった（谷川敏朗「良寛と由之」『良寛』四〇号一七頁以下、伊藤宏美『手まりのえにし』一四〇頁以下）。

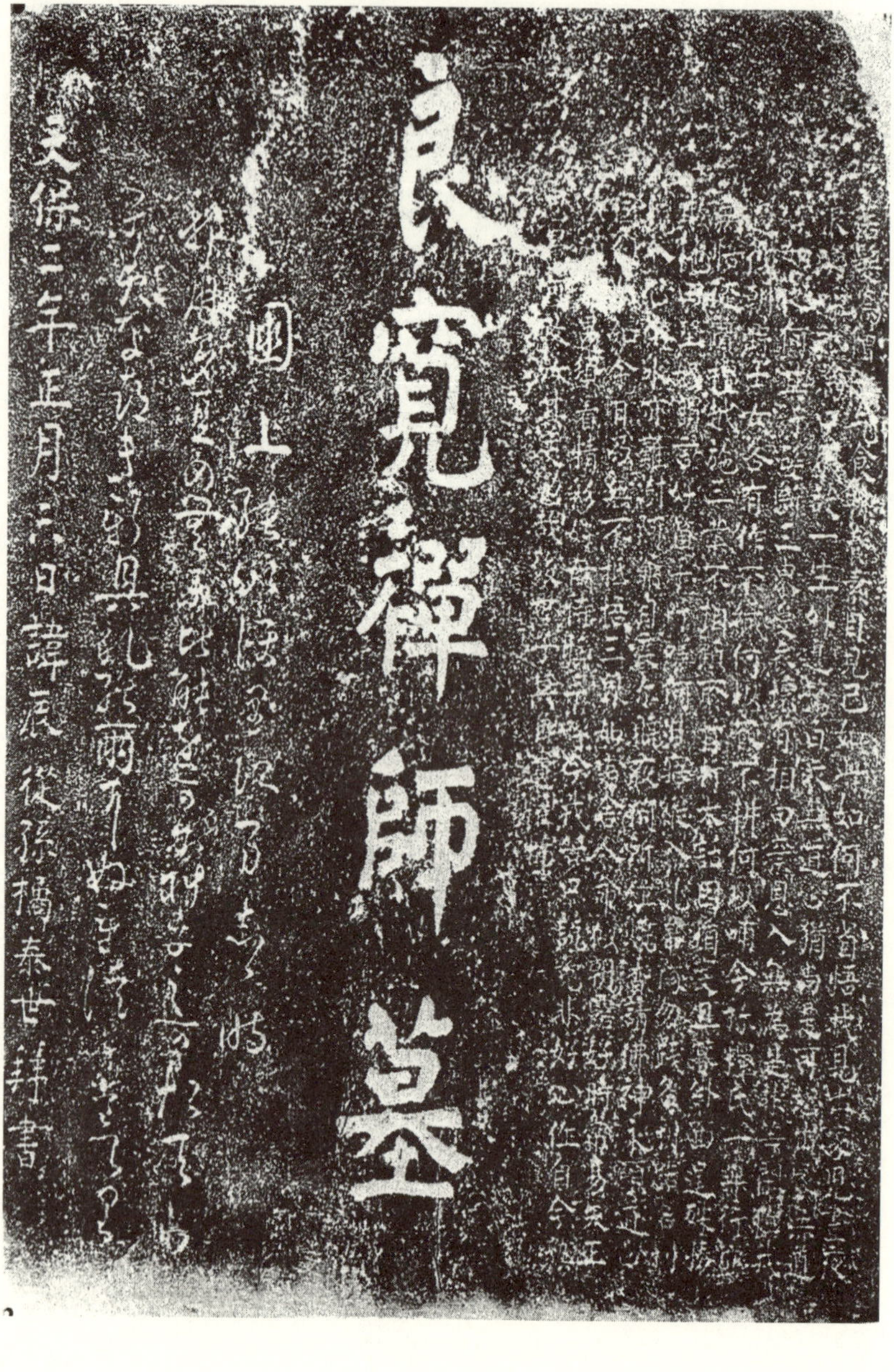
良寛禪師墓
天保二年正月六日諱辰從孫橘泰世拜書

僧《そう》伽《ぎゃ》

落髪爲僧伽　乞食聊養素　落髪《らくはつ》して僧伽《そうぎゃ》となり　食《じき》を乞《こ》うて　聊《いささ》か素《そ》を養う

自見已若此　如何不省悟　自《みずか》ら見ること　已《すで》に是《かく》の若《ごと》し　如何《いかん》ぞ　省悟《せいご》せざらん

我見出家児　晝夜浪喚呼　吾　出家《しゅっけ》の児を見るに　昼夜浪《ちゅうやみだ》りに喚呼《かんこ》す

祇爲口腹故　一生外邊騖　祇《ただ》　口腹《こうふく》の為の故に　一生　外辺《がいへん》に騖《は》す

白衣無道心　猶尚是可恕　白衣《びゃくえ》の道心《どうしん》無きは　猶尚《なお》是れ　恕《じょ》すべきも

出家無道心　如之何其汚　出家の道心無きは　其《そ》の汚《けが》れたるを如何《いか》にせん

髪断三界愛　衣壊有相句　髪は　三界の愛を断ち　衣は有相《うそう》の句を壊《やぶ》る

棄恩入無為　是非等閑作　恩を棄《す》てて無為に入るは　是《こ》れ等閑《とうかん》に作《な》すにあらず

我適彼朝野　士女各有作　我　彼《か》の朝野《ちょうや》を適《ゆ》くに　士女　各《おのおの》　作す有り

不織何以衣　不耕何以哺
今稱釈氏子　無行亦無悟
徒費檀越施　三業不相顧
聚頭打大語　因循度旦暮
外面逞殊勝　迷他田野嫗
謂言好箇手　吁嗟何日寤
縦入乳虎隊　勿踐名利路
名利纔入心　海水亦難澍
阿爺自度爾　曉夜何所作
焼香請佛神　永願道心固

織らずんば何を以《もっ》て衣《き》　耕さずんば　何を以てか哺《くら》わん
今　釈氏《しゃくし》の子《こ》と称するは　行《ぎょう》も無く　亦悟《またさとり》も無し
徒《いたずら》に檀越《だんおつ》の施《せ》を費《ついや》して　三業《さんごう》　相《あ》い顧《かえり》みず
首《こうべ》を聚《あつ》めて　大語《だいご》を打《た》し　因循《いんじゅん》　旦暮《たんぼ》を度《わた》る
外面は　殊勝《しゅしょう》を逞《たくま》しくして　他《か》の田野《でんや》の媼《おうな》を欺《あざむ》く
謂《おも》う　好箇《こうこ》の手と　吁嗟《ああ》　何れの日にか寤《さ》めん
縦《たと》い　乳虎《にゅうこ》の隊に入るも　名利《みょうり》の路《みち》を践《ふ》むこと勿《なか》れ
名利　纔《わずか》に心に入らば　海水も亦　澍《うるお》し難《がた》し
阿爺《あや》　爾《なんじ》を度《ど》せしより　暁夜《ぎょうや》　何の作す所ぞ
香を焼《た》いて　仏神を請《しょう》じ　永く道心の固きを願う

似爾如今日　乃無不秪悟
三界如客舎　人命似朝露
好時常易失　正法亦難遇
須着精彩好　毋待換手呼
今我苦口説　竟非好心作
自今熟思量　可改汝其度
勉哉後世子　莫自遺懼怖

爾《なんじ》　今日《こんにち》の如きに似たらば　乃《すなわ》ち秪悟《ていご》せざる無からんや
三界は客舎《かくしゃ》の如し　人命は　朝露《ちょうろ》に似《に》たり
好時《こうじ》は　常に失い易《やす》く　正法《しょうぼう》も　亦遇《あ》い難《がた》し
須《すべから》く精彩《せいさい》着くべくんば好《よ》し　手を換えて呼ぶを待つこと毋《なか》れ
今　我《われ》　苦《ねんご》ろに口説《くぜつ》するも　竟《つい》に好心《こうしん》の作《さ》に非《あら》ず
今より熟《つらつら》思量して　汝《なんじ》が其の度《ど》を改む可《べ》し
勉《つと》めん哉《かな》　後世子《こうせいし》　自《みずか》ら懼怖《くふ》を遺《のこ》すこと莫《なか》れ

仲間

髪をおろして僧の仲間に入り、食いものを恵まれて、細々と生命をつなぐ。／自分で考えて、こうなったからには、どうして、しゃんとせずにいられよう。／わたしのみるところ、出家の身といっても、朝から晩まで、やたらに大声をたてて、ただ腹をふくらすために、死ぬまであたりをかけまわるだけだ。／在俗（白衣）の身で、仏心のないのは、まだしも許されようが、出家の身で仏心がないのは、その汚染をどうするのか。／髪を切ったのは、三つの迷いの末練を断ったのであり、墨染めの衣は、一切の相対観をつぶしたのである。／恩愛の人を振り捨てて、非情の暮しに入るのは、生やさしい事ではない。／わたしもかつては、役人生活になじんだが、男も女も、共にそれぞれの仕事がある。／女が衣を織らずに、家族に何を着せるのか、男が田畑を耕さずに、いったい何を食わせるのか。／今ごろは、釈迦《しゃか》の子孫と名のって、修行したことも、悟ったこともない。／信心の布施をただもらいして、自らは身も心も口も、働かせることがない。／よるとさわると、大ぼらを吹いて、のらりくらりと朝夕をすごす。／見かけはたいそう、ありがたそうで、田舎の老婆を小馬鹿にして、自分では巧いものだと、思いこんでいる君は、ああ、いつになって目が醒めることか。／よしんば、子持ちの虎の仲間に入っても、名利のみちを歩いてはなるまい。／名利の念が起ったとたん、（乾いた君の心を）大海の水も潤すことはできない。／父親は君を出家させてからというもの、朝夕、何をしてきたことか。／身を清めて神仏にいのり、君の仏心が堅固であれと、いつもいつも願ったものだ。／今の君のていたらくでは、何というくいちがいであろう。／三つの迷いの世の中は、仮りの宿、生命は朝の露のようにもろい。／調子のよい時は、必ずくずれやすいもの、正法には、めぐりあうことが難しい。／どこまでも、（自分に）めりはりをきかせるがよい、後で地団太ふんでもはじまらん。／今、ボクが口やかましく言うのも、決しておせっかいごとではない、これからは、よくよく考えて、君の性根を直すことだ。／努めよや、若ものよ、自ら悔いをのこすでないぞ。

（柳田聖山『良寛　良寛道人遺稿』一一六頁以下）

【参考文献】

渡辺秀英『橘由之日記』（私家本、一九六一年）

西郡久吾『沙門良寛全傳』（目黒書店、一九一四年）

相馬昌治『良寛と蕩児その他』（実業之日本社、一九三一年）

堀江知彦「良寛・貞心・由之」「ミウジアム」（昭和三一年一月号所載）（一九五六年）
山田擴庵『良寛和尚遺黒小録』（一九五六年）所収
『良寛・由之兄弟和歌巻』（墨美八八号）（墨美社、一九五九年）
原田勘平『弟由之の日記（1）〜（5）』（北洋印刷（株）、一九六四年）
横山英「由之日記「山つと」「八重菊日記」雑考」静岡女子大学研究紀要第四号（一九七一年）
水上勉『良寛　正三　白隠』（秋田書店、一九七五年）
水上勉『蓑笠の人』（文藝春秋、一九七五年）
水上勉『流旅の人々』（実業之日本社、一九七七年）
良寛企画刊行・谷川敏朗『良寛伝記・年譜・文献目録』（野島出版、一九八一年）
水上勉『良寛』（中央公論社、一九八四年）
谷川敏朗『良寛の生涯と逸話』（恒文社、一九八四年）
岡元勝美『良寛争香』（恒文社、一九八四年）
中村宗一『良寛の偈と正法眼蔵』（誠心書房、一九八四年）
水上勉『良寛を歩く』（日本放送協会、一九八六年）
小林茂信『仲居屋重兵衛とらい』（皓星社、一九八七年）
松本市壽『野の良寛』（未来社、一九八八年）
五十嵐一「弟、由之よ……」『良寛入門』（墨スペシャル六号、芸術新聞社、一九九一年）
式場壽平『良寛をめぐりて』（式場麻青遺稿）（文久堂、一九九二年）
水上勉「愚かな者は愚かな者で生かしめよ」『鳩よ』一一五号（一九九三年）
内山知也『良寛詩　草堂集貫華』（春秋社、一九九四年）

武田鏡村編『良寛のすべて』（新人物往来社、一九九五年）
高橋庄次『手毬をつく良寛』（春秋社、一九九七年）
高橋庄次『良寛伝説考説』（春秋社、一九九八年）
伊藤宏見『手まりのえにし』（文化書房・博文社、一九九八年）
大星光史『草庵生活と放浪の詩人』（木耳社、一九九七年）
柳田聖山「良寛の漢詩を読む」（下）ＮＨＫ宗教の時間（一九九九年）
『良寛』四〇号（全国良寛会、二〇〇一年）
『花ありて—子田重次追悼集』（新潟良寛会、二〇〇二年）
渡辺秀英『良寛の弟　山本由之』（考古堂、二〇〇二年）
柳田聖山訳『良寛　良寛道人遺稿』（中央公論新社、二〇〇二年）
冨澤信明『良寛の弟　山本由之遺墨集』（考古堂、二〇〇四年）
青木基次『乞食僧良寛』（象山社、二〇〇五年）
冨澤信明「良寛・由之兄弟と井上桐磨との交流」『新発田郷土誌』三五号（新発田郷土研究会、二〇〇七年）

四　資料

年譜と日記行程譜

橘由之関係年譜

宝暦一〇年（一七六〇）	姉むら出生。
宝暦一二年（一七六二）	由之、出雲崎町名主山本家の次男として出生。
明和六年（一七六九）	七歳、妹たか出生。
明和七年（一七七〇）	八歳、弟宥澄（観山）出生。

宝暦七年（一七五七）	一二月、兄良寛、越後国出雲崎町名主橘山本家の長男として出生。幼名栄蔵。信濃川大洪水。
宝暦八年（一七五八）	宝暦事件。
宝暦九年（一七五九）	以南、名主職を継ぐ。
宝暦一二年（一七六二）	京屋高札場移転訴願。
明和元年（一七六四）	明和事件。
明和四年（一七六七）	高札場移転、尼瀬京屋勝訴。
明和五年（一七六八）	佐渡農民一揆続発。
明和七年（一七七〇）	全国的に百姓一揆起こる。越後大旱魃続く。

明和八年（一七七一）	一〇歳、末弟香出生。
安永六年（一七七七）	一七歳、妹みか出生。
安永七年（一七七八）	一七歳、名主役として父に代わり職務。
天明三年（一七八三）	二二歳、四月、母信（のぶ・秀子）死亡（四九歳）。
天明六年（一七八六）	二五歳、父以南隠居、由之家督・名主職・石井神社の祀官を嗣ぐ。
寛政元年（一七八九）	二八歳、長男馬之助出生。翌二年にかけて大村光枝来遊、橘屋に滞留。

安永元年（一七七二）	越後に疫病大流行。
安永二年（一七七三）	栄蔵、元服して文孝を称す（?）。
安永四年（一七七五）	良寛、尼瀬照光寺に入る。
安永六年（一七七七）	大森子陽、鶴岡に移る。
安永八年（一七七九）	
天明三年（一七八三）	浅間山大爆発、連年凶作、百姓一揆勃発、天明大飢饉。
寛政二年（一七九〇）	寛政改革により倹約令施行、寛政異学の禁。良寛、国仙和尚より印加の偈を受ける。

寛政三年（一七九一）	三〇歳、父以南、最後の上洛。	寛政三年（一七九一）	大森子陽没（五四歳）。
寛政七年（一七九五）	三四歳、七月二五日、父以南、京都桂川に入水自殺（六〇歳）、九月京都で追善法会、玄透即中が永平寺に住職となる。		
寛政九年（一七九七）	三六歳。	寛政九年（一七九七）	良寛、国上山五合庵に仮住まい。
寛政一〇年（一七九八）	三七歳、弟香、大阪で死没（二八歳）。		
寛政一一年（一七九九）	三八歳、家筋書を水原代官所へ提出。		
寛政一二年（一八〇〇）	三九歳、弟宥澄、病死（三一歳）、代官所を出雲崎に復帰を請願するために江戸に上る。『古事記伝』を書写。		
享和元年（一八〇一）	四〇歳、代官所復帰訴訟、敗訴。原田鵲斎と弥彦神社へ和歌百首を献納。大村光枝二度目の来訪。		
享和二年（一八〇二）	四一歳、江戸で大村光枝に会う。		
文化元年（一八〇四）	四三歳、町費濫用で町民から訴えられ、島崎村に欠落。馬之助名主見習役。		

文化二年（一八〇五）	四四歳、町民、由之を水原代官所に訴える。
文化六年（一八〇九）	四八歳、町民、由之を出雲崎代官所に訴える。
文化七年（一八一〇）	四九歳、五月、妻宵（やす）没す（四二歳）。一一月、敗訴し、橘屋「家財取上げ所払い」となる。孫泰世、出生。
文化八年（一八一一）	五〇歳、隠居し、剃髪、石地や島崎に欠落。馬之助家督を継ぐ。
文化九年（一八一二）	五一歳、妹たか没（四四歳）。
文化一〇年（一八一三）	五二歳、『丘良偈乃朋涅（くらげのほね）』を版行。
文化一一年（一八一四）	五三歳、江戸に上り、和学講談所に大脇春嶺を訪問。
文化一三年（一八一六）	五五歳、夏、佐渡旅行。
文化一四年（一八一七）	五六歳、日記『鶴のはやし』書き始める。五月、佐渡より帰り、五合庵を訪ね、六月、越前に旅立つ。福井、三国を根拠に各地を廻る。三国の内田庸と親交。

文化二年（一八〇五）	良寛、五合庵に定住。
文化四年（一八〇七）	三輪佐一没。
文化七年（一八一〇）	佐渡大地震。
文化八年（一八一一）	越後地方打ちこわし起こる。
文化一〇年（一八一三）	蒲原地方農民一揆。
文化一三年（一八一六）	大村（羽柴）光枝没（六三歳）。

文化一五年（一八一八）	五七歳、二月、福井を発ち、京都に向かう。桂川、嵐山、宇治、吉野などを巡る。伊勢神宮を詣で、松坂で本居家を訪問。五月帰郷。
文政元年（一八一八）	五八歳、九月、『鶴のはやし』書き終わる。
文政二年（一八一九）	五九歳、一〇月五日、三国を発って帰国を開始し、吉崎に宿る。『橘由之日記』を書き始める。帰国し、一二月、長男馬之助の妻の実家山田七彦の家を訪問。
文政三年（一八二〇）	六〇歳、春、与板に逗留。寺泊の姉の嫁ぎ先外山家に良寛と滞在、三月一四日奥州旅行の見送りを受ける。四月鶴岡、酒田に旅立つ。七月酒田に到着。
文政四年（一八二一）	六一歳、酒田に逗留。五月、『橘由之日記』書き終わる。秋田の久保田に到着。菅江真澄に良寛の事を話す。
文政五年（一八二二）	六二歳、津軽地方、遊歴。
文政六年（一八二三）	六三歳、松前に渡る。

文政元年（一八一八）	（四月改元）一二月、徳昌寺虎斑和尚、伊勢松坂より大蔵経を購入、持ち帰る。
文政五年（一八二二）	維馨尼没（五八歳）。

文政七年（一八二四）	六四歳、男馬之助の妻遊（ゆう）没（三五歳）、一二月、与板に住む。
文政八年（一八二五）	六五歳、二月、七日市の権左衛門に歌屏風を書く。秋、新津に庵を結ぶ。良寛と由之、互いに塩入峠を越えて親交を結ぶ。
文政九年（一八二六）	六六歳、九月、与板の中川弥五兵衛邸内に伏屋を建て始める。良寛、与板の由之の所に滞留。
文政一〇年（一八二七）	六七歳、中川邸内伏屋完成か。七月、竹野の大沢吉富に歌屏風を書く。
文政一一年（一八二八）	六八歳、雑歌二五首の歌巻成る。九月、梅園の主人に九五首の歌屏風を書く。『良寛・由之兄弟歌巻』成るか。
文政一二年（一八二九）	六九歳、春、良寛に座布団や唐筆を贈る。三月、『山徒登（やまつと）』を書き始める。新津の桂家訪問。小山田の桜を泉園とともに観る。
文政一三年（一八三〇）	閏三月、桂家で歌屏風を書く。五月、馬之助の嗣子泰世婚姻。秋、良寛病気に罹患。

文政七年（一八二四）	虎斑没（六〇歳）、姉むら没（六五歳）。
文政八年（一八二五）	宮川浜に峨眉山下橋杭漂着。
文政九年（一八二六）	貞心尼、良寛と初めて会う。
文政一一年（一八二八）	十一月十二日、三条大地震。
文政一二年（一八二九）	菅江真澄没（七六歳）。

天保二年（一八三一）	七〇歳、正月、良寛見舞う。一月六日良寛示寂。八日葬儀。三月、新津桂家で歌屏風を書く。七月、馬之助没（四三歳）。八月、日記『山徒登』書き終える。
天保三年（一八三二）	七一歳、四月から五月にかけて、井上桐麿宅に逗留。私塾培根堂で古今集を講義。秋、備前屋六兵衛に一二六首にも及ぶ歌屏風を書く。
天保四年（一八三三）	七二歳、良寛の墓完成、四月良寛三回忌を行う。
天保五年（一八三四）	七三歳、一月一三日、死亡。

天保二年（一八三一）	一月六日良寛示寂。

日記行程譜

文化一四年（一八一七）	〈五六歳〉五月	日記『鶴のはやし』書き始める。佐渡より帰る。五合庵の良寛を訪問。
	六月	越前へ旅立つ。三国の内田庸と親交。
文政元年（一八一八）	〈五七歳〉	福井を発ち、京都に向かう。桂川、嵐山、宇治、吉野などを巡る。伊勢神宮を詣でて、本居家を訪ねる。
文政二年（一八一九）	〈五八歳〉九月	『鶴のはやし』書き終わる。
文政三年（一八二〇）	〈五九歳〉一〇月五日	三国を発って帰国を開始し、吉崎に宿る。『橘由之物語』を書き始める。
	一〇月六日	大聖寺山の黄葉を見ながら、琴の浦、月津を経て小松に宿る。阿保川（手取川）増水故に、湊を経て、布市（野々市）に宿る。
	一〇月七日	金沢泊。
	一〇月八～九日	倶利伽羅の峠の茶屋を越えて、石動の駅に至る。舟で、小矢部川を下り、高岡の里に下り、富山に到着。
	一〇月一〇日	水橋の渡りで常願寺川を越え、水橋の駅に宿る。
	一〇月一一日	布那見（舟見）の駅に宿る。
	一〇月一二日	黒部川を渡り、関所を、親不知を過ぎ、青海に宿る。
	一〇月一三日	姫川を渡り、名立の駅に宿る。
	一〇日一四日	檍坂（おうぎざか）を越え、柿崎泊。
	一〇月一五日	米山を越えて、柏崎泊。

文政三年（一八二〇）	一〇月一六日	出雲崎に帰郷。
	一〇月一七日	三国の庸から便り。
	一〇月一八日	与板徳昌寺の虎斑和尚に詞を献上。
	一一月一〇日頃	家を出て、寺泊より国上に詣でる。
	一一月一七日	七日市の長男馬之助の妻の実家山田七彦（しちげん）家を訪問（三島町七日市在）。
文政四年（一八二一）	〈六〇歳〉	
	一月一日	
	一月七日	降雪、都を想う。白馬（あおうま）の節会。
	二月一五日	（きさらぎもち）
	二月二六日	三輪の某の家（与板）訪問。
	二月二七日	江原の大刀自に嫁取りの賀歌をおくる。
	三月三日	伊勢人光基に会い、本居宣長の事を話しあう。
	同　日	寺泊の箭田（矢田）の某の家を訪問。
	三月一一日	昼過ぎる頃、出雲崎を出立。山田の駅まで、泰樹ら見送り。
	同　日	夜、寺泊の姉刀自「むら」の嫁ぎ先（外山弥惣右衛門）に宿る。良寛禅師も滞在。
	三月一四日	寺泊の姉の家を出立。
	同　日	麓村の広福寺（＊興福寺の誤記との指摘あり）。
	三月一五日	同所に宿泊。
	三月一六日	伊夜日子（弥彦）神社に参詣、同所に宿泊。
	三月一七日	雨降り、碁に興ず。
	三月一八日	小池村小関の千森（上杉篤興）を訪れるが、上京しており留守、刀自と歓談。

	一九～二〇日	早朝、中ノ口川を舟で茨曽根に下る。長女「およい（佐知）」の嫁ぎ先の関根家に到る。関根家に滞在。
	三月二一日	信濃川を舟で下り、新潟に向かう。松島屋某の家（＊「松高屋」との指摘あり）に宿る。宮島のよしたねを訪問。
	三月二五日	題詠。
	四月五日	温海の湯を浴びてゆくことにする。舟便を待つ。
	四月一一日	上船。粟島や飯豊山を臨む。瀬波の川門に入りて泊まる。
	四月一二日～五月八日	由良の浦に到着、浜温海まで戻る。三瀬の駅より馬に乗り午後、同所滞在。
	四月二〇日	暁、雨降り。
	四月二四日	里の御社の御開帳。
	四月二八日	宿屋の母屋に移る。
	四月二九日	隣の宿のらんちき騒ぎ。
	四月三〇日	温泉の泥の濁流。
	五月三日	雨少し上がる。
	五月五日	旅姿するも雨。
	五月六日	午前は雨。
	五月七日	前日と同様。
	五月八日	人々の制止するのも聞かず出立、浜温海より舟で加茂の澗に到着。駅路でなく宿がなく、舟で雑魚寝。

文政四年（一八二一）	五月九日	加茂から大山の峠越えて、鶴が岡に到着。岩田の黒躬を訪ねる。谷口の御風を訪問したが、留守。
	五月一〇日	羽黒山の出羽神社に参拝する。
	五月一一日	谷口の御風の家で、岩田の黒躬や建部の山彦などと参う。
	五月一二日	岩田の後苑に参う。
	五月一三日	明日は酒田へ下る。山彦が家に集う。
	五月一四日	川舟に乗りて、酒田に。佐々木嵩重が家に到る。
	五月一五日	つぼ前栽を眺め、蜘蛛の営みを観察。
	五月一六日	文錦堂に集う。
	五月一九日	清章が家、嵩重の家の楼（二階）に登る。
	五月二一日	魯道禅師のもと（清原寺）に集う。
	五月二四日	清原寺で、二四日出題のものを、二七日に詠出。
	五月二九日	雨風激し、命のつれなさを思う。
	七月一日	夜中、飛島に向けて最上川を乗り出す。
	七月二日	空明ける。爵の島（御積島）に乗りてゆく。中村の斉藤の某が家に宿る。風起こり雨降り。
	七月三日	昼過ぎより、雨止み、烏賊釣り船出る。釣果無し。
	七月四日	雲厚く、視界不能、心もとなき島人扇を出して物書け。
	七月五日	風雨激し、法木の士族のもとに行く。島の産土の社を詣でる。
	七月六日	午後四時、島を離れ福浦に着く。六里浜を過ぎ青塚より酒田に戻り着く。佐々木の嵩重が家に宿る。

七月八日	疲れて、寝て過ごす。
七月九日	朝、旅行の想い出すことを書く。
七月一〇日	暴風、最上川を吹き越す。
七月一二日	朝、観月庵で、露草と朝顔を詠む。
七月一三日	小野小町の絵を見て詠む。
七月一四日	清水に立ち寄る女ども。
七月二三日	暑い日、夕立。観月庵の池の鮒鯉。
七月二九日	机のもとにさし来る日陰。
八月初め	俄に心地をそこなう。
八月一五日	夜、終日碁打ち。
八月一六日	風騒がし。入相の鐘に故郷を偲ぶ。
八月一七日	鵜渡河原に移る。鶴岡からの一一日付の便りで、夕方谷口の御風の死去を知る。
八月二二日	建部山彦・岩田黒躬宛に文を出す。
八月晦	桜の返り咲き。
九月一日	鶴岡の月光寺の広堂法師が六月一六日に出した文が届く。
九月二日	増田の滝（玉簾の滝）見に出立。魯道禅師に所用があり、中止。
九月三日	滝見に出発。新溜村の梵照寺に立ち寄り憩う。上寺の竈賢の家にて、歌詠み、酒飲み、宿る。
九月四日	翌朝、北の坊の庭を見て、峰を登る。下りると山本坊あり。
九月五日	増田に向かう。下黒川、上黒川を経て、柴橋を渡る。滝に到着。滝本房に宿る。
九月六日	宿を出立。福山の渡辺の某の家を訪問。そうめんを食べる。観音寺村増田屋に宿る。

文政四年（一八二一）	九月七日	朝から酒。市条村の池田の某、また、島田の菅原の家を訪問。酒田にもどる。
	九月九日	菊を題に詠む。
	九月一三日	十三夜で伊東（伊藤等和）の家に集う。
	一〇月三日	鵜渡河原。
	一〇月一二日	広堂法師に返信（返しの文）を出す。伊東家に秘蔵されていた御風の書いた絵を譲り受け、清原寺に納めた。
	一〇月望の頃	望の頃、吉備人の松田信敬が房に訪問した。
	一〇月二六日	兼題「霜」。
	一一月六日	兼題「冬月」。
	一一月一五日	兼題「浦千鳥」。
	一一月二五日	兼題「遠山雪」、佐藤正明の家にて歌詠む。
	一二月五日	兼題「寒樹交松」。人、参集せず。
	一二月二〇日	兼題「歳暮」。
	大晦日	つごもりの日、歌三首詠む。新田勝行尼より歌二首届く、反歌。
文政五年（一八二二）	〈六一歳〉	
	一月一日	歌一首。
	一月三日	梅の枝に雪ふれるを。
	一月四日	等和の家にて詠む。
	一月七日	等和の家にて、「若菜」。
	一月八日	初会、兼題「春風先発苑中梅」（一月一八日とあるが、誤り？）。
	一月一六日	一首詠む。

一月二八日	兼題「海上霞」。
正月八日	兼題「春鶯呼客」。
閏一月一八日	「雪消春水来」。
閏一月一九日	「緑雲亭春望」。
閏一月二八日	兼題「海辺春雨」。
二月五日	雪の降れるを見て。
二月八日	兼題「青柳風静」。
二月一一日	夜、火災発生、大火となる。
二月一二日	ぼんやりして暮らす。
二月一三日	火災の原因は盗人による放火。兼題「夜帰雁」、参集なし。
二月二〇日	わび寝。
三月二日	草、萌出でる。奥路に旅立つ決心。
三月三日	隣の桜木を見て詠む。
四月二九日	酒田を出立。河原の酒屋で別れの宴、青塚でも酒、午前一二時頃吹浦着。
五月一日	明け方から郭公鳴く。従者を帰し、険しい御崎坂を越え、塩越（象潟）に到着。
五月二日	象潟見物。豊岡姫の御社を拝観。
五月三日	平沢より、雨風強。本庄に着き宿る。
五月四日	本庄を立つ。海の向こうに、小鹿の島が見えた。新屋に泊まる。朝久保田に到着。
五月五日	湛然が庵に集う。兼題「月前郭公」「五月雨久」。
五月八日	久保田長野町に真澄を訪ねる。
五月二四日	西村某の家に移る。

文政五年（一八二二）	五月二八日	某家で歌会。兼題「水鶏」。
	六月二日	大悲寺を訪問した。南雄和尚は風流人、酒取り出し、もてなしてくれる。
	六月二八日	応供寺での歌会。
	六月二九日	一首詠む。
	七月朔日	雨風強し。市で買った朝顔を眺めていたら、ある人に詠めと言われ詠む。
	七月三日	上野に集まりて、歌会。
	七月六日	七夕の日、彦星の心を詠む。
	七月七日	武藤（盛達）の家での歌会。兼題「早秋風」。
	七月一一日	暑い夕暮れ、迎え火が焚かれる。
	七月一三日	夜、雨降り更けても止まず。犬の子哀れ。
	七月一四日	雨風激しく、頭痛。
	七月一七日	兼題「伊波能虫」。
	七月二〇日	進藤（俊武）の家での歌会。兼題「月照草花」。
	七月二九日	吉川（忠行）の家にて歌会。兼題「初雁」。
	八月七日	兼題「秋懐旧」。
	八月八日	久保田城の中屋敷の土屋琴斎の家に真澄を訪ね、歌を詠む。

あとがき

俳人井上井月と同じく、私も越後の鄙《むら》に生まれた。この地で同じく生を受けた私の兄は、近年肝癌で命を落とした。高校生の時における注射針の使い回しから発症したC型肝炎によるものであった。身近に肝癌と闘病する兄の姿をみて、つれづれ死について考えてみる機会をえた。本書は、兄を偲びながら良寛禅師の弟山本由之の旅日記を素材として、人が生きてゆくことについて考えたことの一端を書きとどめたものである。

生あるものには、不可避な死がある。流れる川の水のごとく命は不可逆的であって還ることはない。人はこの死を覚えたときから、はじめて命を愛で始めるのであろうか。そして、死に追われ始まると、生きることに執着する。一体、人間にとって死とは何であるのか。また、死を悟るとはどのようなことであるのか。兄栄蔵は青年期より書道や茶道にいそしんでいた。そして、絵手紙もはじめて、姉との文通も頻繁に行って楽しんでいた。さらに、一時は小島寅雄に傾注していたが、やがてそれまではむしろ嫌っていたとも見えた良寛へと心の拠り所をかえ、最後は、良寛を通じて柳田聖山と文通を重ねてきた。私は、柳田聖山が描いた良寛の涅槃図をみながら、紙屋院聖山と兄の心の移りゆく様を尋ねてみた。

私は、今まで花鳥風月にも法華経にも向かい合うことも，それを愛で楽しむことも皆無であった。しかし、兄は四季折々を感受し、それらをいろいろと楽しんできた。悟りの境地に至ったとは思えないが、あるときに諦念を感じたことがあった。花と云えば、西行は桜、芭蕉は合歓で、良寛はもみじばであるかもしれない。兄は、四季に咲く花を愛でてきたが、とりわけ自宅の庭に多種の椿の木を栽培していた。重なる雪の下から輝く紅や黄の色が私の脳裡から離れることがない。また、きっと兄は杜鵑《ほととぎす》の鳴き声を聴いて季節を謳歌し、亡き人々との決別をしてきたのかも知れない。このようにして、兄は良寛に近づきたい、近づこうとしていたことは確かであった。

良寛像　茂木弘次作
（昭和四十六年二月）

この作業の過程で、猛暑にたたられて、私は秋口にダウンした。眼の疲労も著しい。こうした状況の下で、一つの救いは、茂木弘次作の良寛の木彫像を入手したことであるかも知れない。それは高さ二十五センチほどの木彫で、箱書には、昭和四十六年二月作、と記されている。茂木は、燕市分水良寛史料館の庭にあるあの読書をする良寛像の作者である。私は、偶像崇拝している訳ではないが、この木彫の良寛像を見ているだけで、何か良寛の僧伽《そうぎゃ》が浮かんで来るような気持ちになる。

私が本書で取り上げたのは、むろん橘（山本）由之であるが、その由之が被写体とした風光には、越後のみならず、橘家の家族、とりわけ良寛、そして、自然と時代に苛まれた四民がいる。いま私は、還暦を超えて、このような作業をしたことが自分の故郷を顧みる機会となったこととなり、これからの自分にとっても法曹とは別の生き甲斐を与えてくれたこととなった。

兄が亡くなってから、未だ遺品の整理も全くと云って良いほどに行っていない。兄は、柳田聖山氏が示寂《じじゃく》するまで心を通わせたようである。良寛になった紙屋院聖山と良寛に近づきたかった兄栄蔵。この二人の亡き今、その思い出の一品として、紙屋院聖山により描かれた良寛入涅槃図を紹介して、二人を偲ぶこととする。

合　掌

本書の出版のためには、ご遺族から著作権の使用許諾が必要であるが、ご遺族の情報について、私は無知であった。そこで、『山本由之』を出版された考古堂書店の柳本雄司会長にご助力を請うたところ、唐突で不躾な懇請を快くお引き受けいただき、ご遺族のお住まいも知らせて頂き、幸いにも使用許諾が得られた。ホッとして、猛暑が続いた七月、作業を進捗させた。旅日記のデジタル化、行程途中の地図の作成が終わりかけた段階で、新潟の孝古堂に柳本会長を訪ねた。渡辺秀英氏が『山本由之』を出版されるときに使用された写真などを拝見しながら、原稿の一部をお見せしたところ、柳本社長より幾多のアドバイスを頂いた。ひたすら感謝感激である。

八月の初旬、甥の車で島崎に行き、良寛と由之の墓参りをした。しかし、墓に彫られた僧伽の文字にも苔が生え、風化しつつあることを残念に想いながら帰郷した。一週間後、兄の墓参りをした後、二人の姉と共に与板と出雲崎を訪ねた。その時のエピソードが与板の人々の優しさを物語るので紹介する。地図も持たず、唐突に来たので、どこに何があるか分からない。お船門あたりをうろうろしていたら、下丁あたりで女性をお見かけしたので、徳昌寺の位置を尋ねた。良寛会に加わり、いしぶみを楽しんでいるという長谷川さんは、与板のガイドブックをご自宅からもってきて、良寛や由之と与板について、お話をされた。天地人通りと名付けられた遊歩道を兼続門の方に向かって歩いている途中に楽山苑があった。大きな紅葉の木などを写真におさめていたら、愛用のカメラの電池が切れてしまった。撮影の目的で来たのに、この体たらくである。楽山苑の目の前にある「まちの駅」に駆け込み、カメラショップの場所を尋ねた。そこに居合わせた男性が、与板にはそのような店が無いという。しかし、スーパーマーケットには、インスタントカメラを売っているかも知れないという。そして、なんと、自分が車で買ってきて上げましょうという。我々は、店内でアイスクリームを食べながら、またまた与板のことを聞きながら待ったところ、程なく到着。感謝感謝で、徳昌寺、由之隠栖跡、いしぶみの里などを見学し、これらの地をフィルムに収めることができた。お礼をのべたが、名乗られもしなかった。しかし、お店の人がハッカとかいう言葉を使っておられたので、与板名物のハッカ菓子を作られておられる方かもしれないと想いながら、与板を後にした。姉たちと共に、人にも恵まれて感激した与板の旅であった。

帰京して、公刊に少しでも堪えるような内容にしなければならないので、一つ論文もどきを準備した。テーマは、よく知られた水上勉の良寛に対する批判と由之の人間性についてである。かねてより感じ考えていたことを文字にした。水上勉ファンにはお叱りを受けるかもしれないが、最終的には水上勉氏は、良寛の評価について、自己の誤解を認めたと確信している。

口絵に由之の書歌を掲載することも考えた。そこで、幾つかの施設の中で燕市の分水良寛史料館を訪問することとした。西海土《さいかち》壽郎館長の快諾を得て、由之の作である短冊、屏風などの撮影を行い、重ねて、釈文も提供していただいた。又、三森九作の手まり図についても同様である。そして、燕市教育委員会からは、それらの掲載の許諾を頂くことができた。

さらに、由之の業績である『くらげの骨』は、新潟大学の佐野文庫に所在していることは承知していたが、図書館が修理中と云うことでその入手を断念せざるをえなかった。思案していたが、私の恩師が館長をしていた東北大学図書館の狩野文庫のことを想い出した。案の定、この書は同館に所在し、某書店からオン・デマンドで入手できたので、掲載した。さらに、由之が三国で私淑していた豪商であり、また、文芸の道に秀でていた内田庸の肖像画を本文に掲載したいと考えていた。ついに、福井市立郷土歴史博物館に内田惣右衛門（庸）の肖像画が展示されていたことがあるという情報を知り、同館の印牧信明氏を通じて所有者の内田璞氏から使用許諾をいただいた。

さらに、越後の北では、まず、良寛を「てまり上人」と誌《しる》した菅江真澄の研究会の田口昌樹会長から、研究誌に掲載された良寛に関する論文などを送付していただいた。ついで、由之が訪れた地や名所の写真についてである。飛島と爵の島、増田の玉簾の滝などについては、酒田市と酒田市観光協会のホームページのみならず、わざわざメールで写真の送信をしていただいた。玉簾滝、飛島、御積島の写真などである。訪問もしていない所を見てきたかのように、その写真を掲載することにはお叱りを受けそうであるがお許しを頂きたい。しかし、いずれ機会を得て是非訪問したいと願うところである。

あとがきを書き終えるにあたり、脳裏に焼き付いている先達の著作について言及したい。それは、神戸大学法学部に三十三年勤務された西賢氏による二〇〇四年に出版された『歌集　南十字星』である。国際私法の研究者が、『一つ水に』の歌集に次いで公にされた、優しい色による装幀の本書を送付していただき、それを紐解いたときの驚きは、

燕市分水良寛史料館

何とも表現しがたいものであり、その時いつか自分もこのようななにがしかを表現したいと想ったのであった。

本書を公刊するにあたり、既述した以外の多くの方々のご助力を頂いた。茨木美智子さん、また専修大学出版局の笹岡五郎氏の全面的なご助言とご助力をいただいた。皆様方に記して厚くお礼を申し上げたいと想う。

二〇一四年　皐月

矢澤　昇治

矢澤　昇治（やざわ　しょうじ）

1948 年新潟県生まれ、長岡高校卒、金沢大学法文学部卒。
1978 年仏国ストラスブール第三大学第三博士課程退学。
1979 年東北大学大学院法学研究科私法学専攻博士後期課程退学。
熊本大学法学部講師を経て、現在、専修大学法科大学院教授（「国際私法」「国際民事紛争解決」「環境と法」担当）。
1992 年弁護士登録（第二東京弁護士会）。

所沢市久米 2100 の 20
E-mail:shojiyzw@cb.mbn.or.jp

「橘由之日記」の研究

2014 年 8 月 20 日　第 1 版第 1 刷

編　著　　矢澤昇治
発行者　　渡辺政春
発売所　　専修大学出版局
〒 101-0051　東京都千代田区神田神保町 3-8
㈱専大センチュリー内
電話　03-3263-4230㈹
印　刷
製　本　　モリモト印刷株式会社

ISBN 978-4-88125-288-8